世界经典童话小说书系

U0732676

伊凡的本事

著者 / 埃林·彼林 等　编译 / 付慧 等

吉林出版集团股份有限公司 | 全国百佳图书出版单位

图书在版编目（CIP）数据

伊凡的本事／（保）埃林·彼林等著；付慧等编译.

-- 长春：吉林出版集团股份有限公司，2016.12

（世界经典童话小说书系）

ISBN 978-7-5581-2136-4

Ⅰ.①伊… Ⅱ.①埃… ②付… Ⅲ.①儿童故事 - 作品集 - 世界 Ⅳ.①I18

中国版本图书馆CIP数据核字（2017）第065090号

伊凡的本事

YIFAN DE BENSHI

著 者	埃林·彼林 等	
编 译	付 慧 等	
责任编辑	赵黎黎	
封面设计	张 娜	
开 本	16	
字 数	50千字	
印 张	8	
定 价	29.80元	
版 次	2017年8月 第1版	
印 次	2020年10月 第4次印刷	
印 刷	三河市嵩川印刷有限公司	
出 版	吉林出版集团股份有限公司	
发 行	吉林出版集团股份有限公司	
地 址	长春市绿园区泰来街1825号	
电 话	总编办：0431-88029858	
	发行部：0431-88029836	
邮 编	130011	
书 号	ISBN 978-7-5581-2136-4	

前言

儿童自然单纯，本性无邪，爱默生说："儿童是永恒的弥赛亚，他降临到堕落的人间，就是为了引导人们返回天堂。"人们总是期待着保留这份童真，这份无邪本性。

每一个儿童都充满着求知的欲望，对于各种新奇的事物，都有着一种强烈的好奇心，这样在成长的过程中就不可避免地被好的或坏的事物所影响。教育的问题总是让每个父母伤透了脑筋，生怕孩子们早早地磨灭了童真，泯灭了感知美好事物的天性。童话很好地解决了这个问题，让儿童始终心存美好。

徜徉在童话的森林，沿着崎岖的小径一路向前，便会发现王子、公主、小裁缝、呆小子、灰姑娘就在我们身边，怪物、隐身帽、魔法鞋、沙精随时会让我们大吃一惊。展开想象的翅膀，心游万仞，永无岛上定然满是欢乐与自由，小家伙们随心所欲地演绎着自己的传奇。或有稚童捧着双颊，遥望星空，神游天外，幻想着未知的世界，编织着美丽的梦想。那双渴望的眸子，眨呀眨的，明亮异常，即使群星都暗淡了，它也仍会闪烁不停。

童心总是相通的，一篇童话，便会开启一扇心灵之窗，透过这扇窗，让稚童得以窥探森林深处的秘密。每一篇童话都会有意无意地激发稚童的想象力和感知力，让他们在那里深刻地体验潜藏其中的幸福感、喜悦感和安全感，并且让这种体验长久地驻留在孩子的内心，滋养孩子的心灵。愿这套《世界经典童话小说书系》对儿童健康成长能起到一点儿助益，这样也算是不违出版此书的初心了。

编者

2017 年 3 月 21 日

目录
MULU

八个噩梦······························ 1

贾哈的故事························· 23

伊凡的本事························· 41

女皇和士兵························· 59

灵鹰费尼斯特····················· 77

扬·比比扬历险记················· 93

八个噩梦

一天夜里，白拉斯国王一连做了八个可怕的噩梦，醒来后，坐立不安，赶紧召见祭司，让他们解释梦的吉凶。

"请给我们七天时间，待我们查阅一些史料，再回禀陛下。"祭司们说道。

国王应允了他们的请求。

之前，国王下令处死了一些祭司。祭司们正在寻找机会报复，没想到国王却自己送上门来了。

祭司们在一起研究对策。

"我看，趁国王让我们解梦的机会，先吓唬吓唬他，让他乖乖地听我们的话!"为首的祭司说道。

"我们就说查过所有的史料,陛下做的每一个梦都是不祥之兆,若想摆脱厄运,就必须将我们点到的人全部杀掉!"另一个祭司接着说。

"首先是他最喜欢的伊兰王后,然后是王子朱威尔、足智多谋的大臣伊拉斯,还有最能干的卡勒和那个博学多识的卡巴利雍。"第三个祭司抢着说。

"还得毁掉他的一些心爱之物,那把举世无双的宝剑、那头奔跑如飞的白象、那匹伴他驰骋沙场的战马……"又一个祭司补充说道。

"国王会按照我们说的去做吗?"一个祭司表示怀疑。

"我们可以告诉他,如果想要保住权位和江山,就必须这样做,否则不但王国丢了,就连他的性命也难保。王后和大臣可以另选,宝物也可以再寻,国王肯定会按照我们说的去做。等杀死了这些人、毁掉了这些宝物,我们再找机会杀掉他。"另一个祭司说道。

第八天早上，祭司们一起去见国王。

"尊敬的国王陛下，我们已经查阅了史料，认真分析了您的梦。这是一件十分严重的事情，请让左右退下，容我们细细禀告。"为首的祭司说道。

国王立刻命令左右退下，迫不及待地等待释梦。祭司们不慌不忙地按计行事，将预谋好的说辞慢慢讲了一遍。

"在我心中，这些人的生命跟我的生命一样重要。人都难免一死，与其让我杀掉他们，还不如让我自己去死。如果用他们的生命来换取我的王位，那我宁可不做这个国王！"国王听后如五雷轰顶，悲痛地说道。

"尊敬的陛下，恕我们直言，您将别人的生命看得如此重要，这实在是不可取的。您是一国之君，应以王国大事为重，以黎民百姓的幸福为荣，怎么能因为区区几个人就放弃王位呢？那岂不是因小失大吗？"一个祭司说。

"尊敬的国王陛下，请您以大局为重，为王国着想，为百姓着想。只有您保重了身体，才能保全整个王国。"另一个祭司见状立刻说道。

国王万万没有想到事情会这么严重，觉得更悲伤了。他一个人回到密室，掩面痛哭，一时想不出万全之策，急得像热锅上的蚂蚁。

"到底怎么办呢？是保全亲友而坐等厄运降临，还是用亲友的生命换取自己的平安？如果失去了亲人和朋友，那我今后的人生还有什么乐趣呢？如果再也看不到伊兰王后和朱威尔王子，那我的生活还有什么幸福呢？如果杀死伊拉斯，那么谁来帮我处理政务呢？如果真的失去了宝剑、白象和战马，那么我的威严又何在呢？"国王自言自语道。

几天后，国王为忧愁所困的消息不胫而走。大臣伊拉斯听后十分着急，考虑再三，决定去找伊兰王后。

"尊敬的王后，我感觉国王最近有些不对劲儿。自从国王召见了祭司后，就一直把自己关在屋里，不知道是什么原因。我担心祭司们会进谗言，做出对国王不利的事情。我们这些大臣又不敢冒昧地去问国王，这个时候也只有您去见国王最合适。我恳请您去询问一下，然后我们共同商量对策。"伊拉斯对伊兰王后说。

"这几天我们正在闹别扭，我不想去见他。"伊兰王后说道。

"事关重大，还请您以大局为重，立刻去见国王。现在只有您可以做到了。在这个世界上您是他最亲近的人，他也最听您的话。恳请您马上去见国王，问问到底发生了什么事情。如果祭司们图谋不轨，我们也好商议对策，绝不能让他们的阴谋得逞！国王和百姓的安危就托付给您了。"伊拉斯劝道。

伊拉斯语重心长的话最终打动了伊兰王后。她来到密室，看见国王正愁容满面地坐在那里，于是上前询问。

"别再提这些不开心的事了，我心烦！"国王显得有些烦躁，不耐烦地摇了摇头。

"以前无论遇到什么事情，您都愿意听我的建议，困难就会迎刃而解。这回是怎么了？"伊兰王后态度温和地问道。

"别再问了，这是一件极其凶险的事情。"国王无奈地拍了拍王后的肩膀说道。

"到底出了什么事儿?"伊兰王后追问道。

"唉,前几天我一连做了八个梦,祭司们说我将大祸临头,只有将你、王子和几个大臣处死,将许多心爱之物毁掉,我才能躲过这场劫难。可是你想想,我能这么做吗?"国王依旧愁眉不展。

伊兰王后听后大吃一惊,终于明白了国王这几日把自己

关在密室里的原因。

"您不必烦恼，如果我们的生命能让您躲过一劫，换来您的平安，我们情愿为您献出生命。您失去我，痛苦是一时的。失去一个王子，将来还会有更多的王子。不过，出于对您的忠心，我有一事相求，恳请您听我几句忠言！"伊兰王后镇静地说道。

"你是我最心爱的人，我怎么能忍心失去你呢？有什么话你尽管说。"国王说。

"我希望您能像以前一样，遇事和大臣们一起商议，不要轻信祭司们的谗言。杀戮是一件重大的事情，深思熟虑后才可行事。杀死一个人很容易，可让他再活过来就难了。

"陛下没看出来吗？那些祭司是别有用心，因为前些日子，您刚下令处死了一万两千名祭司。您就不该让他们释梦，他们是想借机除掉您身边的大臣，以达到报仇雪恨的目的。如果您按照他们说的做了，他们还会进一步加害于您，夺走您的王国。

"您为什么不去请教一下博学多识的卡巴利雍呢?"伊兰王后说道。

国王听了伊兰王后的一番话，恍然大悟，几日来的烦恼立刻烟消云散了。他立刻快马加鞭，来到卡巴利雍的住所。

"陛下! 您这是怎么了?"卡巴利雍问道。

"我一连做了八个梦。祭司们为我释梦，说我将大难临头，只有将我身边的亲朋好友统统杀掉，才能消除我的灾难，否则我的王位和性命都将不保。怎么办呢?"国王讲了事情的经过。

"国王陛下，如果您相信我，请让我给您释梦吧。"卡巴利雍深鞠一躬，毕恭毕敬地说。

国王将梦讲给了卡巴利雍。

"陛下，没什么可怕的，您不必惊慌。我将梦兆逐一讲给您听: 两尾红鱼用尾巴立起来，是将有使臣从黑蒙国来，要献给陛下两串镶嵌着红宝石的珍珠项链; 从背后飞来两只鹅落到陛下面前，是白尔国王将要进贡两匹举世无双的战马；一条白蛇盘在陛下的左腿上，是绥进国王将要敬献您一把宝剑；陛下浑身染满鲜血，是卡龙国王将要进贡一件叫乌珠袍的宝衣；陛下沐浴全身，是利进国王将要送来一套亚麻王袍；陛下卧在一座白山上，是开都国王将要进贡一头行走如飞的白象；陛下头上有团火一样的东西，是艾赞国王将要进贡一顶镶满珍珠和宝石的纯金王冠；一只鸟啄陛下的头，是预示陛下的爱情生活中将发生一些口角。这些预言将在七日后应验。"卡巴利雍微笑着说。

国王如释重负，告别卡巴利雍，回宫中等待。果然，七天一过，喜讯便纷纷传来，各国的使臣陆续来到王宫。国王兴奋地坐在宝座上，迎接远道而来的使臣，接受他们进贡的礼物。这些礼物和卡巴利雍说的一模一样。国王更加钦佩卡巴利雍的智慧。

"我差点儿犯了一个大错误，怎么能把梦境告诉给祭司们呢？他们的目的就是要铲除我身边最亲近的人。多亏了伊兰王后,我才化险为夷。我要把最好的礼物都拿出来,让她随意挑选!"国王想。

国王吩咐伊拉斯拿上纯金王冠和乌珠袍,随他一起来到后宫。伊兰王后和胡兰王妃出来领赏。

"伊拉斯,把王冠和乌珠袍拿来,请王后先选一件!"国王吩咐道。

伊兰王后选了王冠,而镶满夜明珠的乌珠袍自然就归了胡兰王妃。

晚上,国王大摆宴席犒劳伊兰王后。伊兰王后头戴王冠,在国王身边落座。此时,胡兰王妃身穿乌珠袍,从国王身边经过。乌珠袍闪闪发光,耀眼的光芒把胡兰王妃映衬得格外美丽。

"你怎么选择了这个王冠,那件乌珠袍白天看似普通,可是晚上却闪闪发光,堪称稀世珍品。你看,今晚的胡兰王妃多么光彩照人!"国王见此情景,惋惜地对伊兰王后说。

伊兰王后不但漂亮,而且十分贤惠,深得国王宠爱。国王从来没在她面前夸奖过其他王妃。今晚国王在她面前大加赞赏胡兰王妃，令伊兰王后心中十分不悦。

"今晚我是主角，国王怎么夸起她来了？"伊兰王后想。

伊兰王后端起一盘亲自烹制的香饭，请国王品尝，想吸引国王的注意力。没想到，国王的眼睛始终没有离开胡兰王妃，而且赞不绝口。

王后怒火中烧，将盘子掀翻，弄得国王满脸汤水。国王大怒，起身离去，命令伊拉斯处死伊兰王后。

伊拉斯押着伊兰王后出宫。

"我还是先别处死王后，一定要等国王消气后再说。王后曾经救过很多大臣，包括我的性命，我不能忘恩负义。我如果把她杀了，假如将来国王后悔了，一定会责怪我。我还是先把她藏起来，回宫打探一下消息再说。要是国王后悔了，我就马上把王后接回王宫；要是国王没后悔，我再处死她也不迟。"伊拉斯边走边想。

伊拉斯主意已定，便把伊兰王后接到自己家里，并安排了两个亲信不离她左右。

一切安排妥当后，伊拉斯将自己的剑涂上鲜血，回宫复命。

"陛下，我已经将伊兰王后处死了。"伊拉斯说道。

伊拉斯话音刚落，国王便瘫倒在椅子上。伊兰王后不但美丽端庄，还智慧过人，而且刚刚化解了一场灾难。当初说处死她，不过是国王一时气愤，想挽回一点儿面子。国王以为，伊拉斯向来做事稳妥，一定会想出一个万全之策保住王后的性命。而他却说已经处死了王后，这个消息让国王怎么能受得了呢？

"陛下不要过于悲伤，请保重身体！事已至此，悲伤也无济于事，这件事就让它过去吧！如果陛下允许，就让我讲一个故事给您解解闷。"站在一旁的伊拉斯看出了国王的心思，赶紧说道。

"讲吧。"国王无精打采地说。

"从前，有一对鸽子夫妇，平时朝夕相处，十分恩爱。春天来了，雄鸽对雌鸽说：'这个季节野外的食物很丰富，我们先不要动家里的麦子。等到了冬天，野外没有食物了，我们再吃它。'雌鸽点头同意。后来，雄鸽出远门，回来已经是夏天了。雄鸽发现家里的麦子少了，便怒斥雌鸽："我们已经说好，不到冬天，不要动家里的麦子。你怎么可以趁我不在家偷吃呢?'"伊拉斯讲述着。

"雌鸽矢口否认，可是不管它如何辩解，雄鸽就是不信，还用嘴使劲地啄它。雌鸽遍体鳞伤，最后抑郁而死。冬天来了，一场大风过后下起了雨夹雪，鸽巢里灌进了

水。麦子受潮后又像原先一样，装满了整个鸽巢。雄鸽恍然大悟，春天的麦子随着潮气蒸发自然就会收缩。雄鸽懊悔万分，来到雌鸽墓前，失声痛哭，由于悲伤过度，几天后就死了。"伊拉斯继续讲述。

"大凡聪明人，遇事从不急躁，尤其是处死他人之时，否则，就会像那只雄鸽一样，犯下不可弥补的大错。另外，我还听过一个小故事，也想讲给您听。"伊拉斯接着说道。

"那就讲吧。"国王回答说。

"有一个人，头顶一篮扁豆在山里赶路。走累了，他将篮子放到地上，靠着一棵大树休息。一只猴子悄悄溜下树，抓了一把扁豆，又爬回树上。可是，它一不留神，将一颗扁豆从手中滑落。猴子连忙下树寻找，结果不但没有找到那颗扁豆，连手里的其他扁豆也全都撒到了地上。

"我的故事讲完了。恕我直言，既然错误已经犯下了，那就让它过去吧。您千万不要悲伤过度，别让自己再病倒了。"伊拉斯继续说道。

听了伊拉斯的话，国王更加确信伊兰王后已经死了。

"我不过是顺嘴一说，你也不好好想一想，就随随便便把王后处死了。你以往办事一向沉稳，这次怎么了?"国王开始埋怨起伊拉斯来。

"我怎么敢违抗陛下的命令呢? 如果违抗陛下的命令，我岂不犯下了欺君之罪，陛下还能饶过我吗?"伊拉斯辩解道。

"伊拉斯，你可把我害惨了! 你杀了我最心爱的伊兰王后。失去了伊兰王后，我将痛苦一辈子。"国王悲伤地说道。

"世界上有两种痛苦一辈子的人——不积德的人和作恶的人。这些人只图一时的快乐，当遭到报应时，便为此痛苦一生。"伊拉斯说道。

"如果能再见到伊兰王后，我绝不再对她发火。即使她犯再大的错，我也一定先想到她的优点，原谅她。只要有伊兰王后在，我就不会有任何烦恼。"国王悔恨地说道。

"世界上有两种没有烦恼的人——一心向善的人和永不作恶的人。"伊拉斯继续说道。

"我的伊兰王后啊，我为什么没多看你一眼？如果你还活着，我一定比以往更加爱你！"国王惋惜地说道。

"世界上有一种视而不见的人——没有智慧的人。没有智慧的人分辨不清美与丑、是与非。"伊拉斯接着说道。

"我心爱的伊兰王后啊，如果你没有死去该有多好！假如我能再见到你，那我将是世界上最快乐的人！"国王悲痛地自言自语道。

"尊敬的陛下，有些事情是无法挽回的。世上有两种永远快乐的人——目光高远的人和有智慧的人。目光高远的人能够看清世上的所有事物；有智慧的人能够辨清善与恶、美与丑。"伊拉斯说道。

"无论你说什么，都无法让我摆脱痛苦！我还没看够伊兰王后，这个痛苦就像绝症，不可救药。"国王说道。

"世界上有两种不可救药的人——嗜财如命的人和追求虚无的人。"伊拉斯接着说道。

"太啰唆了！看见你，我就心烦。看来，我必须要离你远一点儿。"国王有些不耐烦了。

"陛下，世界上有两种人应该离他远远的——善恶不分、功过不认、奖惩不明的人和无恶不作、无恶不看、无恶不听、无恶不想的人。既然这两种人我都不是，所以陛下不必远离我。"伊拉斯不紧不慢地说道。

"我以前为什么没好好珍惜伊兰王后呢？你枉杀了我的王后，是违背常理的！"国王说道。

"世界上有三种违背常理的人——穿着白外套拉风箱把衣服熏黑的打铁匠，穿着新袜子却站在水里的漂布工和拥有一匹上等好马却将它闲置的人。尊敬的陛下，我遵照您的命令行事，怎么能说这是违背常理呢？"伊拉斯再次辩解道。

"但愿我在辞世之前能再次见到伊兰王后，哪怕是在梦里。"国王被伊拉斯问得哑口无言，索性改变了话题。

伊拉斯见国王是真的忏悔，便想要把事情真相告诉他，可是话到嘴边还是没有说。他想借此机会彻底教训一下国王，免得他以后再犯类似的错误。

"世界上有三种不切实际的人——做事三心二意却希望得到回报的人，行事吝啬却希望别人说他慷慨的人和虐杀成性却指望死后得到荣耀的人。"伊拉斯继续说道，他知道自己的话说得狠了点儿，于是偷偷地瞄了一眼国王，看见国王脸色十分难看，一副忍无可忍的样子。

"我当初下令处死伊兰王后就是个大错误。现在后悔已经晚了！"国王终于承认自己错了。

"世界上有几种经常犯错误的动物——飞翔时将自己的双脚高高举起，唯恐天塌下来的小鸟；站立时只用一只脚，唯恐地会陷下去的鹤；以土为生却总是节食，唯恐泥土被吃完的蚯蚓；来到大河边饮水却用舌头舔水喝，唯恐河流干涸的狗。它们犯下的都是些低级错误，就像某些人，明明可以避免却偏偏去做，然后又后悔。"见国王认识到自己错了，伊拉斯赶紧说道。

"唉，别再说了！我将永远思念伊兰王后，即使她已经不在了，我也依然爱着她，没有人可以替代她在我心目中的位置。"国王说道。

"一个女人如果具备了五种品德，那么即使她死去也值得人们去怀念，这五种品德就是贞洁贤惠、出身高贵、天资聪颖、容貌端庄、热爱丈夫。这些品德伊兰王后恰恰都具备。"伊拉斯说道。

"痛苦将让我彻夜难眠。"听了伊拉斯的话，国王悔恨万分地说道。

"有两种常常会寝食不安、彻夜不眠的人——家财万贯却发愁无处保管的富人和病入膏肓却没有医生愿意过问的病人。"伊拉斯继续说道。

伊拉斯见国王痛不欲生的神情，便打住话头，不忍心再继续折磨他了。

"怎么了，刚才你不是还夸夸其谈、口若悬河吗，现在怎么沉默不语了？"国王诧异地问伊拉斯。

"尊敬的陛下，请原谅我说了这么多废话。尽管我说话啰唆，甚至还说了一些过头话，您却没有发怒，让我再次相信您的睿智与仁慈。请您相信，我之所以这么做，无非是想了解您的真实想法。现在，有一件事情我必须向您如实禀告——伊兰王后还活着！"伊拉斯严肃地说。

国王一听这话，立刻转忧为喜。

"我就知道你做事一向稳重，不会执行我那个荒谬的命令。虽然伊兰王后冒犯了我，但我知道她并不是仇恨我，她当时的举动不过是女人嫉妒之心的表现，是人之常情，我应该原谅她。这些都不算什么，最关键的是她还活着！你应该早点儿告诉我。现在，我万分地感谢，快去把我的伊兰王后带回来吧，我现在就想见她！"国王高兴地说道。

伊拉斯赶紧回家去见伊兰王后。

伊拉斯进宫后，伊兰王后便回忆起了国王平日对自己宠爱有加的往事，后悔自己当众侮辱了国王。想到自己也许再也见不到国王了，她追悔莫及，以泪洗面。

伊拉斯喜滋滋地回来了，善于察言观色的伊兰王后赶紧向他打听结果。

　　伊拉斯如实地将自己与国王的对话讲给她听。听说国王已经原谅了自己，并想马上见到自己，伊兰王后感动得热泪盈眶，赶紧梳洗打扮一番，跟随伊拉斯返回王宫。

　　回到宫里，伊兰王后立刻去见国王。

　　"我的王后，你能平安回来就好。都怪我一时鲁莽，错下了命令，差一点儿失去你。"国王赶紧扶起王后。

　　"都是我的错，我不该当众羞辱国王。冒犯国王是个大罪，本该处死，是您宽宏大量，原谅了我。我永远都不会忘记您的这份恩情，以后一定好好照顾您。另外，我还要感谢聪明而且忠诚的伊拉斯，他能够体察并领会陛下的仁慈。"王后连忙说道。

　　"谢谢你，伊拉斯。你才是对我最忠诚的大臣。你不但智慧超群，而且胆识过人！是你救回了我的王后，把她送回到我的身边。对我，对王后，甚至对黎民百姓，你都立了一个大功。今后凡宫廷大事都由你来处理，你认为该怎么办就怎么办。你做事稳重，一定能以大局为重。有你这样的忠臣在我身边，是我的福分，也是王国和百姓的福分！"国王转身看了一眼站在一边的伊拉斯，露出欣慰的笑容。

"尊敬的国王陛下，谢谢您的夸奖，我只是做了一件我应该做的小事儿，不足挂齿。"伊拉斯谦逊地说道。

"但是，我只是一个大臣，实在担当不起如此重任。我有一个请求，希望陛下今后处理军机大事，一定要和大臣们商议，谨慎行事，以免失误。以后遇到类似的事情，请陛下一定要慎之又慎。"伊拉斯接着说道。

"说得对，今后遇到大事小情，我都会和大臣们商量的，绝不会再有类似的事情发生！"国王信誓旦旦。

国王赐给伊拉斯一方宝剑，赐给伊拉斯的夫人两串镶嵌着红宝石的项链，赐给卡巴利雍一头行走如飞的白象和一些珠宝，作为奖赏。

伊拉斯奉国王之命将别有用心的祭司们统统处以了极刑。

从此，在英明国王的统治下，百姓们过上了幸福美满的生活。

贾哈的故事

从前，有一个叫贾哈的人，拥有广博学识，却没有用武之地，还经常给他带来一些麻烦，这令他十分烦恼。

人们经常在集市上看到贾哈将一根椰枣树枝放在双腿间当马骑，跟一帮孩童一起玩耍。

大多数人都以为他是一个疯子，只有少数人了解他。

贾哈年少时，想拿家里贮存的一些椰枣到集市上卖钱，被母亲阻止了。贾哈想吃几个，又被母亲阻止了。

后来，母亲告诉他，这些椰枣是贝都因人寄存在家里的，做人要守信用。

有一天，母亲外出了。

贾哈在集市上碰到一些贝都因人，便叫他们用骆驼驮走了那些椰枣。

母亲回来后，发现椰枣被拿走了，号啕大哭。原来，那些椰枣并非他人所存，而是母亲存下来用来维持生活的唯一财产。

"母亲不必伤心，我一定将那些椰枣找回来！"贾哈见母亲悲痛不已，就安慰母亲说。

贾哈沿着那伙贝都因人骑的骆驼的足迹，直奔沙漠赶去。当夜幕降临时，他发现那伙人就在前面。

那伙贝都因人卸下行囊，搭起帐篷，准备生火做饭。

贾哈悄悄来到他们近前，挖了个深坑，将自己的整个身子埋了进去，只把头露在外面。

一个女子走过来，以为贾哈的脑袋是一块可以搭炉灶用的石头，伸手去抓，不料"石头"动了动。

"你好！我是贾哈。你们想用我的头搭炉灶吗？"贾哈说道。

"精灵，有精灵，快逃！"那女人大惊失色，立即松开双手，边跑边喊。

原来，贝都因人一向很惧怕精灵，见到精灵就逃。

于是，这帮贝都因人顾不上行囊，纷纷四散逃命。

贾哈将那些椰枣驮回家见母亲去了。

贾哈的好朋友家有一个美丽的大花园，里面种满了各种花草树木。

贾哈经常带着一群孩童在这个花园里玩耍。当地有一个特别霸道的土豪，想尽办法，利用阴谋手段，霸占了这个花园。

贾哈的朋友惧怕土豪，不敢去打官司，只好把希望寄托在贾哈身上。

贾哈了解了事情的经过后，十分气愤，答应帮朋友收回被土豪侵占的花园。

贾哈的朋友见他答应帮忙，便很满意地告辞了。

因为这个朋友很了解贾哈，相信贾哈的智慧和品德，只要他答应的事情，就一定能够想办法做到。

第二天，贾哈带着一群孩子来到花园。

土豪对贾哈早有耳闻，对他的才华敬重三分。

"这里的果子很多，你们随便吃。"土豪对贾哈说。

"我不想吃果子，我有一个愿望，想让你把这颗小椰枣树送给我。不知道你是否能帮我实现？"贾哈说道。

土豪爽快地答应了。

贾哈用绳子将树捆住，让孩子们帮忙，想把树扛到他的背上。

"贾哈，你这是要做什么？"土豪惊问。

"我想将这棵树背走。"贾哈说。

"这怎么可能，就算你再找来几个壮汉，也不可能搬得动啊！"土豪笑道。

"既然我们连一个小树都搬不动，那么你又是怎么扛得动整个花园的呢？"贾哈严肃地说道。

　　土豪恍然大悟，明白了贾哈的来意，只好将花园还给了它的主人。

　　小时候，父亲休了母亲，娶了一个年轻貌美的女人为妻，贾哈便同母亲生活在一起。

　　贾哈年轻时母亲去世，搬到父亲家生活，感觉十分不习惯。他不但和继母处不来，跟亲生父亲的关系也不是很好。

　　但为了不伤父亲的心，贾哈只好委屈地跟他们生活在一起。

　　贾哈发现继母经常与一个男人偷偷约会，心里十分矛盾。

　　父亲眼花耳聋，反应迟钝。若告诉他这些事儿，他一定不会相信儿子的话，弄不好还会以为自己在挑拨关系。不告诉父亲，看着父亲被人欺瞒，他又不甘心。

　　于是，贾哈选择沉默，等待时机，想让父亲亲眼看见继母背地里的所作所为。

一天，父亲干完活儿提前回了家，巧的是，继母的情人也在家。

继母怕被丈夫看见，将情人藏在一个角落里，用草席盖住。

贾哈看到了这一切，当父亲走过来时，故意掀开草席。父亲眼神不好，反应又慢，还没等看清楚，那人就慌张跑开了。

继母因此十分憎恨贾哈。

继母从此每天都在丈夫面前数落贾哈的种种不是，使父亲听厌了这些谗言。

"贾哈毕竟是我的孩子，有什么做得不对的地方我会批评他。我已经老了，将来还得指望他养老，不能因为有点儿错误就将他赶出去，而且那样做也会降低我们的身份。"父亲对继母说道。

继母心中不快，本想找机会将贾哈赶出家门，拔掉这个"眼中钉"，谁料阴谋没有得逞。

贾哈偷偷观察继母和情人的举动，寻找机会揭穿他们的丑行。

一天，继母听见从地里干活儿提前回来的贾哈和丈夫的谈话，连忙将情人藏在灶台边的大提篮里。

吃饭时，贾哈借口去热饭，故意将点燃的火焰靠近那个大提篮，提篮的底部瞬间被烧焦了。

继母急忙跑过来，将贾哈推开，亲自给他热饭。

贾哈知道继母不好对付，父亲动作迟缓，又不信任他，只好回到桌边。

按当地的礼节，家人吃饭时，妻子必须伺候着。贾哈的继母总是把好吃的食物放在最后，藏在锅底，留给自己和情人吃。

贾哈经常自己去把锅底里的好东西盛回来跟父亲一起吃，继母十分恼火。

"我要出去打工了，以后就不到你家里来了，我若总来，迟早会被发现。"一天，继母的情人说道。

"你不来可以，但是你得告诉我你每天在哪里干活儿，我去给你送饭。"继母很不情愿地说。

"好吧，我每天都在驴背上驮两袋沙子，把袋子戳个小洞，从你家门前经过，你顺着黄沙形成的路线便可找到我。"情人说。

恰巧，继母和情人的话被贾哈听到了。

贾哈也准备了一些沙子，第二天悄悄尾随在那男人的身后，用脚将那条黄色的沙线抹去。然后，他用自己事先准备好的沙子沿着另一不同的方向撒出一条黄色的沙线，一直延伸到自己干活儿的花园里。

中午，贾哈的继母拎着饭菜顺着门前的黄色沙线，一直走到贾哈干活儿的地方，把饭放下，匆忙地回家了。

就这样一连过了好几天，贾哈每天都能吃到香喷喷的饭菜。

多日没见到情人，继母感到很纳闷。于是，继母决定在情人家门口等他。

"我每天辛辛苦苦给你送饭，你为何躲着不见我呢？"这天继母终于见到了情人，走上前问道。

"你什么时候给我送过饭，我也没吃到一顿你给我送的饭！"情人有些愤怒地说道。

"按照我们的约定，我每天都沿着沙线记号去给你送饭啊！"继母说。

"可是，我的确没有吃过你送的饭，我根本就没看见过你送的饭！"情人说。

说到此，二人恍然大悟。

"贾哈，一定又是贾哈在捣鬼！"两个人异口同声地说道。

于是，这个狠毒的女人决定要报复贾哈，把他赶走，省得自己整天担心事情败露。

恶毒的女人每天在丈夫面前诉说贾哈的坏话，一会儿也不让丈夫的耳根清净。

问题占满了丈夫的脑袋，慢慢地，父亲心中也充满了对儿子的怨恨。

终于有一天，这个没有主见、不辨是非的父亲爆发了。

"贾哈闹得我寝食不安，想一个妥善的办法将他赶走吧！"父亲对继母说。

"我有一个很简单的办法，可以让我们永无后顾之忧。"贾哈父亲的提议正中继母下怀。

"今晚，当贾哈睡着后，趁着夜深人静，我们一起将他抬着扔到旁边的那口很深的废井里。"继母说道。

"这怎么行，他毕竟是我的亲生儿子，将他赶出去不就行了吗？"父亲有些不忍。

"只要贾哈还活着，我们的生活将永无宁日！"继母说。

想到贾哈惹的许多麻烦，父亲也就不再争辩，默许了恶毒妻子的提议。夫妻俩约定好在夜里零点行动。

巧的是，继母跟父亲的对话被贾哈听到了。

当晚，等父亲和继母都睡下后，贾哈蹑手蹑脚地来到他们的房间，将继母打晕后抱到自己的床上，盖上被子。约定的时间到了，贾哈穿上继母的衣服，模仿着继母的声音，叫醒父亲。

见父亲迷迷糊糊地起来了，贾哈将他领到自己的床前。

"快，你抬双脚，我抬脑袋！"贾哈说道。

于是，贾哈和父亲将整个席子抬起，连人带被子一同扔到了深井里。

"贾哈安息了，以后我们可以安宁地生活了！"父亲叹了口气，回头对贾哈说。

"不，是狠毒的继母安息了，我们以后的日子可以平静了！"贾哈回答。

父亲大吃一惊，这才发现原来站在身边的人是贾哈。

"你对她做了什么？"父亲又惊又怒地问贾哈。

"我没做什么，难道你忍心让她将亲生儿子除掉吗？请你耐心地听我把话说完，听后你会夸赞我今晚的所为。"贾哈不慌不忙地回答。

"此话怎讲？"父亲追问。

贾哈便将继母所做的事情详细地讲述了一遍。

父亲听罢，肺都要气炸了，回想起过去发生的一切，终于相信了儿子的话，暗自庆幸。

在贾哈生活的时代，社会比较混乱，强抢强占现象屡屡发生。

贾哈看不惯这些不道德的行为，绞尽脑汁，想出了一个十分有趣的方法。他乔装打扮成一个憨厚老实的农民，从集市上低价买来一头驴，让驴吃了十枚金币。

"卖驴了，一个能放金子屁的宝驴！"贾哈牵着驴在街上吆喝着。

贪心的商人们听了吆喝，纷纷围过来。

贾哈拍了一下驴屁股，只见驴蹬蹬后腿，放了一个屁，掉出了一枚金币。接着，贾哈又拍了驴屁股一下，只见驴又放了一个屁，结果又掉下一枚金币……

就这样，驴连续掉下五枚金币，围观的商人们个个现出一副贪婪相。

商人们争先恐后地开始竞买这头宝驴，使价钱瞬间翻了几番。

"我出十万金币买你这头宝驴，你在天黑后将它送到我家，一手交钱一手交货。"一个以放高利贷为生的大奸商将贾哈拽到一边，低声说道。

贾哈答应把驴卖给商人，并让他留下地址。

夜幕降临，贾哈牵着驴来到商人家，见商人早已等候在门口。贾哈接过钱，将驴交给了商人，就匆忙走开了。

商人喂完宝驴，用手拍了驴屁股一下，只见驴跳了起来，放了一个屁，果然出来一枚金币。

商人连忙喊来家人，给他们展示这个奇迹。

全家人都惊呆了，欣喜万分。

第二天早上，天刚蒙蒙亮，商人就兴冲冲地来到驴圈，准备往回捡金子。然而，整个驴圈没有半枚金子，满地都是散发着臭味的驴粪。

"是不是没有拍打驴屁股的原因呢?"商人心想。于是，他拍打了一下驴屁股，只见驴跳了起来，放了一个屁，拉出一堆屎。商人不顾一切地用手扒开那堆屎，仔细查找，可连金子的影子也没找到。他万分失望，知道上当了，却又不敢声张，怕被别人耻笑。

商人将驴狠狠地打了一顿，然后忧心忡忡地来到集市上，试图找到那个卖驴的农民。可是，集市上空无一人。

商人追悔莫及，他很不甘心。

"既然已经找不回那些钱了，那就在老本行上下功夫吧！"商人暗想。

于是，他利用一切机会，巧取豪夺，变本加厉，想尽一切办法，想把在那头驴身上的损失弥补回来。

有一天，一个人急需用钱，来找高利贷商人借钱。

"借钱可以，不过要借十还十五。如果超期，就从你身上割下一斤肉。"商人说。

借钱人别无他法，被迫接受了这苛刻的条件。还债的期限很快到了，可怜的穷人根本还不上那些债。商人便要求他履行约定，从身上割下一斤肉。穷人要求商人再宽限几日，商人不肯。

于是，二人一同去见法官，想让法官做出公断。

"买卖必须按照协议进行，要么还债，要么按照约定的条件去做。"法官说道。

"请宽限我一天，我去凑钱还债。"穷人说道。

穷人见商人和法官同意宽限一日，就立刻找到贾哈，求他帮忙。贾哈答应帮穷人打赢这场官司。

期限又到了，高利贷商人、穷人、贾哈都来到法官面前。

"你把钱给商人带来了吗?"法官问穷人。

"法官大人，我没有凑到钱，不过我委托贾哈为我打这场官司。"穷人答道。

"你用什么证据来辩护?"法官问贾哈。

"法官大人，我们接受你的裁决，不过有个条件——不能超过一斤，也不可不足一斤。如果超过了或者不足一

斤，多余的或者不足的部分是多少，必须从商人身上割下同样分量的肉。"贾哈说。

"这个要求不过分，那么就请执行吧！"法官说。

"我不打算割他的肉了，只要他有钱时能够把钱还给我就行了。"商人一看情势不妙，赶紧和贾哈谈判，好摆脱尴尬局面。

"我只是代表我的当事人，无权接受你的任何建议，还是听从法官的命令，执行判决吧！"贾哈沉着地说道。

"等一等，我准备无条件地放弃所有债务！"商人连忙说。

"请你立即执行法官的裁决！"贾哈继续说道。

"我还有第三个办法：我放弃所有的债务，再付上与债务同等的钱，你看怎么样？"商人哀求着。

在贾哈的一再拒绝下，商人最后拿出了债务五倍的钱给了穷人。穷人非常高兴，简直不敢相信自己的耳朵。

贾哈用他超人的智慧又一次惩治了高利贷商人。

伊凡的本事

村庄里住着一个寡妇，她含辛茹苦地把儿子伊凡养大成人。糟糕的是，伊凡什么事情都做不好，成了一个没用的人。

有一次，伊凡去耕田。他把地耕得很深，一直耕到黏土，把黏土都翻到外面来了。

伊凡种下种子，却什么都长不出来，连种子也糟蹋了。

在其他事情上也是这样，伊凡总是努力想做得好一点儿，可是每次都不成功。母亲老了，不能工作，日子过得很苦，连最后一片面包也吃掉了。

母亲看着儿子，十分发愁。

"要是有一个聪明的妻子在身旁，伊凡也许会变好。"母亲暗想。

可是，谁会要她那没用的儿子做丈夫呢？

母亲正在发愁的时候，发现伊凡坐在土墙上，一点儿也不着急。

这时，伊凡看见一个衰老、神情恍惚、满脸泥土的老头儿走过来。

"给我点儿吃的吧，我走了很远的路，累坏了。"老头儿对伊凡说道。

"老爷爷，我们的小屋里连一片面包也没有了。但你还是进来吧，至少我可以给你洗个澡，把你的衣服洗一洗。"伊凡回答说。

伊凡把水烧热，在浴室里给过路的老头儿洗澡，又把他安置在小屋里睡觉。伊凡把老头儿的衣服洗干净，晒干，这时，老头儿也休息好了。

"孩子，我会记得你对我的好。如果你有困难，那就到森林里去吧。你走到交叉路口时，可以看见一块灰色的石头。你用肩膀撞一下石头，喊一声老爷爷，我就会立刻出现。"老头儿对伊凡说完就走了。

伊凡和母亲的生活糟透了，后来连粮柜里的碎面包屑也没有了。

"你等着我，或许我能给你拿一些面包回来。"伊凡对母亲说。

"你这个没用的人，上哪儿去弄面包呢？只要你自己吃饱就行了。你快找个妻子吧！如果找到一个聪明的妻子，在她的帮助下，你就会有面包吃了。"母亲叹着气说。

伊凡告别母亲，到森林里去了。

他走了很久，终于来到了交叉路口，用肩膀撞了一下灰色的石头，喊了一声"老爷爷"，那个老头儿真的出现在面前。

"你要什么，跟我走吧。"老头儿说道。

伊凡跟着老头儿向森林的更深处走去，被带进一幢很阔气的房子里。原来，老头儿是这里的主人。

老头儿吩咐厨师烤一只羊款待客人。

"再烤一只羊，再给我一块面包吧！"伊凡向老头儿要求说。

老头儿吩咐厨师又烤了一只羊，又端上一个大大的圆面包。

"请吧。"老头儿客气地说道。

"我吃饱了。谢谢你，能让你的仆人把面包和羊送给我的母亲吗？她现在还饿着呢！"伊凡问。

老头儿答应了伊凡的请求，吩咐仆人把东西给伊凡的母亲送去。

"为什么你和你的母亲会挨饿呢？你看，你已经长大了，应该结婚了，应该知道如何养家啊？"老头儿问伊凡。

"老爷爷，我也不知道怎么办，没有人愿意嫁给我。"伊凡沮丧地说道。

"我把女儿嫁给你吧。"老头儿说着，叫来了自己美丽的女儿。

就这样，老头儿的女儿叶莲娜和伊凡结婚了，他们过得很富足。

伊凡的妻子管理着全部家务，老头儿却经常不在家，到处寻找大学问，把找到的学问记录下来。

一次，老头儿带回了一面圆圆的魔镜，并把它藏了起来。

伊凡的母亲过得很好，但她依旧住在自己的小屋里。

"儿子，我有点儿怕。你看你的妻子叶莲娜，漂亮、富有、高贵，你有什么能配得上她呢?"母亲十分担心伊凡。

伊凡对现在的一切似乎很满足，妻子很温柔，连一句违背他的话都不说。

一天，老头儿叫来伊凡。

"这次我要去比以前更远的地方，这把钥匙你要藏好，最好不要用这把钥匙去开仓库。如果你真的需要到仓库里去，千万别带你的妻子。如果你忍不住把妻子带去了，也一定不能把那件花衣服给她。等时机一到，我会亲手交给她。你一定要记住我的话，不然你会丧命的！"老头儿嘱咐伊凡。

老头儿离开了家。

过了些日子，伊凡实在忍不住，想去仓库看个究竟。他

打开仓库门，看见了一堆金子，还有许多像火一样发光的宝石。

伊凡惊呆了，过了一会儿，才缓过神儿来，走到仓库的角落，发现那里有一间储藏室。

"叶莲娜，我的妻子，赶快到这里来啊！"伊凡刚打开储藏室的门，还没来得及跨进去，就无意识地喊起来。

原来，储藏室里挂着一件镶满宝石的连衣裙。伊凡实在是太高兴了，觉得衣服正适合妻子，她一定会喜欢。

这时，伊凡突然想起了老头儿的嘱咐，不许把衣服给妻子。

"只是把衣服给妻子看一看，应该没什么。"伊凡想。

叶莲娜来了，看见镶满宝石的连衣裙，高兴得立刻拍起手来。

"给我穿上吧，这衣服穿着一定很好看。"她请求伊凡。

可是，伊凡不允许她穿。

"让我把手穿进袖子试试也好啊，也许还不合身呢！"叶莲娜委屈地说道。

"你伸进去试试看，看它合不合身就行了。"伊凡嘱咐她。

叶莲娜把双手穿进袖子里后，嚷嚷着要把头伸进领口。

伊凡见状，只好答应，只见妻子把头伸进领口后，又把衣服拉下来。

于是，叶莲娜穿好了连衣裙，用手一摸，口袋里还放着一面镜子，便掏出镜子照了照。

"哎，这样的美人，却跟一个没用的丈夫住在一起！让我变成一只鸟儿吧，从这里飞到远方，那该多好啊！"叶莲娜嘴里嘟囔着。

话音刚落，叶莲娜就变成了一只鸽子，从仓库里飞向了蓝色的天空，飞到她向往的地方去了。

伊凡终于明白了，妻子穿的是一件魔衣。他赶紧把面包放在背包里，去寻找妻子。

伊凡走着走着，想起自己是个没用的人，禁不住哭了起来。

一天，伊凡忽然看见水边躺着一条梭鱼。梭鱼没办法回到水里，快要干死了。

他提起梭鱼，把它放回水里。

梭鱼立刻钻进了水的深处，一会儿，又回到水面上来。

"我不会忘记你对我的好。如果你感到痛苦时，就说：'梭鱼，梭鱼，记起伊凡吧！'我会立刻来帮你。"梭鱼对伊凡说完，又钻进了水的深处。

伊凡吃了一块儿面包，又继续向前走去。

伊凡走啊走，感觉很累，这时天渐渐黑了下来。

他突然看见一只鹞鹰用尖尖的爪子抓着一只麻雀，正想要啄死它。

"哎呀，我只是倒霉，可麻雀却要死了！"伊凡想着，随即抬手吓唬了一下鹞鹰。

鹞鹰吓得松开了爪子，小麻雀趁机飞到树上。

"你有什么需要的话，就喊：'喂，麻雀，记起我的好吧！'"麻雀蹲在树枝上，对伊凡说完就飞走了。

伊凡在树下过了一夜，第二天一早又拖着疲惫不堪的身体向前走。就这样，伊凡又走了一年半。

他来到大海边，已没有去路。经过打听，他得知叶莲娜是当地的女王。

"女王叶莲娜无所不知。她有一本书，上面记载了一切；还有一面魔镜，什么都看得见，现在她大概也看见你了。"当地的居民告诉他。

叶莲娜真的在她的镜子里看见了伊凡。

原来，叶莲娜的女仆达丽雅在用毛巾擦镜子时，看见了一个陌生的农夫，便向叶莲娜报告了一切。

聪明的叶莲娜对着镜子一看，发现自己的丈夫来了。

此时，伊凡已经走到王宫前，看到宫殿被栅栏围了起来，栅栏里有很多的木桩。

伊凡向居民询问栅栏中满是木桩的缘由。

"这些是向我们女王叶莲娜求婚的人。她需要一个比她更聪明的求婚者，求婚者要是没她聪明，就会被处死。每处死一个人，就会立一根木桩。"居民的回答让伊凡大吃一惊。

"那好，我这就去向她求婚。"伊凡说道。

"那么，那里又会多一根木桩了。"居民叹着气说。

伊凡走进王宫，来到叶莲娜面前。叶莲娜坐在宝座上，穿着那件魔衣。

"你来做什么？"叶莲娜问伊凡。

"我很想念你，来看看你。难道你不再是我的妻子了吗？"伊凡问她。

"你这样没有用的人，怎么能算是我的丈夫呢！你想要我再做你的妻子，就得配得上我。如果配不上，我就砍下

你的头。"叶莲娜说完，指了指窗外的那些木桩。

"我做什么你才能再嫁给我?"伊凡问。

"你只需做我要你做的事！你要躲避我，让我找不到你，如果找到了，也要让我认不出来你。如果你做到了，就说明你比我聪明，我就做你的妻子。如果你被我找出来的话，你就要掉脑袋了。"叶莲娜回答说。

"那好，请你准许我在稻草上睡到明早，并且我要吃点儿你的面包，明天早上我就来满足你的愿望。"伊凡请求道。

到了傍晚，女仆达丽雅在门廊里用稻草铺了一张床，还拿来面包和格瓦斯。

伊凡吃过东西后刚躺下，就看到达丽雅坐在门廊的台阶上缝补女王那件镶满宝石的衣服。达丽雅把衣服上的裂缝补来补去，补着补着却哭了。

伊凡问她为什么哭，达丽雅说衣服太软，裂缝越缝越大，她害怕女王明早处死她。

"让我试试，也许我能缝好，你就用不着死了。"伊凡对达丽雅说道。

"我怎么能把这样的衣服交给你呢！女王说你是个最没用的人。"达丽雅赶忙回答。

达丽雅又缝了几针，实在缝不好了，才把衣服递给了伊凡，叫他试试。

伊凡缝了几针后把针扔掉了，用双手把每根线系起来。

"丝线那么多，你怎么能把裂缝上的丝线都系起来呢？"达丽雅看见后，生气地说。

"我要用希望和忍耐的心情，把它们系起来！你去睡觉吧，明天早上我就会做好了。"伊凡拍着胸脯对达丽雅说道。

黎明时，伊凡把衣服弄好了，像新的一样。

这时，他发现衣服的一个口袋里放着一本书，那是叶莲娜的父亲记录的所有大学问的书。在另外一个口袋里，放着魔镜。

伊凡用镜子照了照自己，又读读那本书，可是他一点儿也读不懂。

"难怪人家说我是个没用的人，看来是真的呀！"伊凡想。

早上，女仆达丽雅拿起缝好的衣服看了看，十分感谢伊凡。

这时，太阳升起来了，是伊凡该躲到叶莲娜找不到的地方的时候了。

伊凡钻进了院子里的一个干草垛，自以为完全藏起来了。可是，院子里的狗却对着他狂吠。

伊凡只好钻了出来。

"我该上哪儿呢？"伊凡想。

他看着王宫附近的大海，想起了梭鱼。

"梭鱼，梭鱼，记起伊凡吧！"伊凡走到海边，对着水面大喊。

梭鱼钻出了水面，了解了事情的原委后，把伊凡拖到了海底，藏在沙子里，然后又用尾巴把海水搅浑了。

聪明的叶莲娜拿起了魔镜，照照地面，照照天空，照照海水，都看不见伊凡，只看见浑浊的海水。

于是，她打开了父亲留下来的那本记载着大学问的书，在书里她读到："聪明机智是强有力的。但是，善良又比机智和聪明更强更有力，连万物都会记住善良。伊凡躺在海底的沙子里，你去喊出梭鱼，叫它把伊凡从海底送出来。不然的话，你就说你要捉住梭鱼，吃掉它。"

叶莲娜派达丽雅去喊出海里的梭鱼，让它把伊凡从海底送出来。就这样，伊凡出现在聪明的叶莲娜面前。

"杀掉我吧，我是配不上你的。"伊凡说道。

"你再去多藏一次吧，看你的机智能否胜过我，如果还是胜不过我，那时我再来决定是否杀掉你。"叶莲娜对伊凡有些心软。

伊凡又去寻找秘密的地方了，他不能再让女王找到他。

这时，伊凡想起了小麻雀。

"喂！麻雀，记起我的好处吧！"他喊了一声，麻雀立刻就飞过来了。

麻雀了解了事情的原委后，将伊凡变成一粒谷子，吃进了肚子里。

叶莲娜用魔镜照照大地，照照天空，照照水里，都没有伊凡的影子。

聪明的叶莲娜找不到伊凡，生气地把魔镜摔在了地上，魔镜刹那间变成了碎片。

叶莲娜又打开了父亲的那本书，在书里她读到："伊凡变成了谷子，谷子在麻雀肚子里，麻雀蹲在篱笆上。"

于是，叶莲娜吩咐达丽雅到篱笆前喊麻雀：如果不交出那粒谷子，鹞鹰就会吃掉它。

听了达丽雅的话，麻雀很害怕，就从嘴里吐出了那粒谷子。谷子落到地上，又变回了伊凡。

伊凡请求叶莲娜杀了他。

"明天我就杀掉你，把你的头挂到那根空木桩上。"女王叶莲娜对他说道。

晚上，伊凡躺在门廊里，想着明天就要死了，心里很难受。

伊凡正在发呆时，达丽雅来了，还给他拿来了一罐稀粥。

"你对女王说，你还有件事情没做完，所以不能死，你还要等你的母亲来！"达丽雅见伊凡喝完了粥，嘱咐他说。

第二天早上，伊凡按达丽雅的嘱咐对叶莲娜说了。

"你可以再躲一次。我要是找不到你，你就可以活下去了。"叶莲娜说道。

伊凡刚要去找秘密的地方，却听说女仆达丽雅要报答他。

只见，达丽雅向伊凡的脸上吹了一口气，伊凡立刻变成了空气。达丽雅又深吸了一口气，把他吸到肺里去了。

达丽雅走进女王叶莲娜的屋子，从桌上拿起那本书，打开后冲着书吹了一口气儿。她把伊凡变成了一个大写字母停在书上，然后合上书走了出去。

聪明的叶莲娜打开书，还想让书告诉她，伊凡藏在什么地方。可是，书却什么也没说。叶莲娜找不到伊凡了。

达丽雅把书掷在地上。所有的字母都从书里散了出来，那个大写字母刚一撞到地面，就变成了伊凡。

"我以为我的丈夫是个没用的人，可是他却躲过了魔镜，也胜过了那本有学问的书！"叶莲娜对着伊凡微笑了起来。

伊凡和叶莲娜开始了幸福的生活，就这样生活了很久。

"为什么你的母亲不来找我们？"一天，女王叶莲娜问伊凡。

"你的父亲也很久没来了，明天早晨我们就去接母亲和父亲吧。"伊凡回答说。

谁知第二天天刚亮，伊凡的母亲和叶莲娜的父亲就一起来到他们家。

伊凡对着母亲深深鞠了一躬，却跪在叶莲娜的父亲面前请求宽恕。

"孩子，谢谢你。藏在衣服里的是美妙，藏在书本里的是学问，藏在镜子里的是整个世界的外表。我跑到很远的地方就是为了给你去找大本事，哪知它原来就在你的身旁，那就是善良。"老父亲拥抱着他。

从此，伊凡和叶莲娜以及他们的父母过上了幸福生活。

女皇和士兵

很久以前，有一个特别爱发脾气的女皇，人人都惧怕她。

一天，从未见过女皇的一个士兵，在站岗时看见了散步的女皇，非常高兴，忍不住朝女皇微笑了一下。

这个士兵是最近才被安排在宫殿附近站岗的，不知道在女皇面前是不可以微笑、不可以皱眉头，也不可以献殷勤的。

女皇不管遇到什么事情，都要发脾气，见士兵冲她微笑，就问士兵为什么微笑。朴实的士兵见女皇过来问话，心情非常激动，一下子说不出话，就又对女皇微笑了一下。

这时，女皇突然勃然大怒，气得连一句话也说不出来。

"竟然有人胆敢违背我的旨意，对我微笑，我要立刻惩罚这个大胆的士兵。"女皇心想。

过了不久，女皇大声喊来侍从，下令每天清早都给那可恶的士兵二十棍，以示惩罚。就这样，士兵每天都在挨打，从来没有间断过，整整挨了一年。

女皇早就忘记了每天打士兵的事儿。士兵怎么也没有想到，只是一个微笑，让自己受尽了折磨。这时，遍体鳞伤的士兵已经骨瘦如柴，身上没有一处好地方了。可是，他的噩梦每天都在上演着，早上一睁开眼睛就要挨打，这种日子让士兵感到生不如死。

士兵快要被打死了。无奈中，士兵在皇宫里问问这个，问问那个，又去向大家认为比较聪明的人请教，让他给自己出个不挨打的主意。

"只能忍耐了，女皇就是个爱发脾气的人，想惩罚谁就会惩罚谁，谁敢违抗她的旨意？"那个聪明人给士兵的回答竟和其他人是一样的。

"唉！你们当然不用忍耐，挨打的又不是你们。难道我还要这样下去吗？一直到被打死为止？"士兵听完了聪明人的话，独自伤心。

士兵实在想不出什么办法，万般无奈之际，遇到了军队里公认的傻瓜。因为这个人很傻，所以士兵们平日里都欺负他，给他吃厨房里的残羹冷饭，给他穿破旧的衣服。

士兵来到傻瓜的房间，把自己的遭遇告诉了他。

其实，士兵的事情傻瓜早就知道了。

"唉！可惜你就是一个傻瓜，也帮不了我的忙。"士兵叹着气对傻瓜说道。

"我怎么帮不了你的忙呢！现在最关键的就是你要坚持自己的意志，相信自己的能力。这样吧，你给我一个戈比，我想办法帮你。"傻瓜笑着对士兵说。

在士兵休息的那一天，收到一个戈比的傻瓜，把士兵带到了城郊。

傻瓜和士兵走了很远才停下来，这里已经看不见宫殿了。

士兵看见周围只有一些又破又简陋的小屋子，感到彻底失望了。

"唉，我简直比傻子还要傻，跟着一个傻子走这么远，可惜临死前还糟蹋了一个戈比！"士兵叹着气，心里暗想。

　　傻瓜带着士兵走进一个简陋的小屋子，里面住着皮鞋匠夫妻俩。

　　原来，皮鞋匠的妻子长得和女皇很相像，就像是孪生姐妹。如果让她和女皇站在一起，谁都分辨不出哪个是女皇，哪个是皮鞋匠的妻子。

　　就是因为自己的妻子长得非常像女皇，皮鞋匠想出了一个赚钱的好方法。他让妻子每天都展示自己，让别人来参观，但参观者要交给他一个戈比。

　　皮鞋匠还规定：只收商人、工匠和店员们的钱，士兵和残疾人是免费的。

　　皮鞋匠虽然赚了很多钱，但都拿去喝酒了。他家的房子破旧了，他也不修理，整天喝得醉醺醺的，还经常打妻子。

　　因为士兵免费，所以傻瓜只付给皮鞋匠一个戈比，便和士兵一起走进皮鞋匠的房间里。一个女人躺在床上，正在睡觉。

士兵看清了床上的女人之后，被吓得浑身哆嗦，立刻立正站好，一动也不敢动。原来，士兵以为自己看见的是女皇。

"不要害怕，她不是女皇，只是皮鞋匠的妻子而已。如果她是女皇，就不会叫你吃棍子了。"傻瓜看见士兵害怕的样子，解释道。

"哎，可惜呀，她只是一个皮鞋匠的妻子！"士兵听完傻瓜的话，一顿感慨。

"那么，咱们一起把皮鞋匠的妻子变成女皇吧！"傻瓜笑着提议。

士兵觉得有了一点儿希望，但还是不敢完全相信傻瓜的话。

"如果真能把皮鞋匠的妻子变成女皇该多好啊，我就可以不再挨打了。可是她毕竟只是皮鞋匠的妻子，还是别做梦了。"士兵用怀疑的口气对傻瓜说道。

傻瓜听完士兵的话后，哈哈大笑。士兵吓得赶紧拉着傻瓜走出了皮鞋匠的小屋，怕吵醒皮鞋匠的妻子。

傻瓜和士兵朝着宫殿的方向走去。

"今晚你在哪里站岗？"傻瓜一边走一边问士兵。

"在内宫里站岗。"士兵回答。

"那今晚我就把皮鞋匠的妻子拖到你那里去。"傻瓜说。

"拖到我那里干什么？再说，皮鞋匠晚上在家睡觉，肯定会发现你的。"士兵没有听明白，不解地问傻瓜。

"皮鞋匠每天晚上都喝得烂醉如泥，别说拖走他的妻子，就是在他身上把一只弯曲的钉子敲直了，他也不会有感觉。你就相信我，按照我说的去做吧。"傻瓜胸有成竹地对士兵说道。

"可是，你把皮鞋匠的妻子交给我，我要让她做什么呢？"士兵还是没有明白傻瓜的意思。

"我看你比我还傻，你要这样做才行……"傻瓜悄悄地对士兵说着。

听了傻瓜的话，士兵很害怕。

"趁大家睡熟，你把真正的女皇交给我，再把皮鞋匠妻子送到皇宫内室去。我把真正的女皇送到皮鞋匠那里去。"傻瓜嘱咐着士兵。

"这太危险了，万一女皇醒过来，看见自己不在内宫里了，肯定会砍掉我们两个人的头的！"士兵想了好一会儿，说道。

"女皇整天只顾着发脾气，打人骂人的，从早到晚地折腾，肯定累极了，夜里一准睡得很熟。"傻瓜安慰士兵。

"反正我不被砍头也得被打死。你就趁天黑把皮鞋匠的妻子拖到宫里来吧。"士兵下定决心，终于同意了傻瓜的办法。

当天夜里，傻瓜把皮鞋匠的妻子送到皇宫里，又把女皇送到皮鞋匠那里。皮鞋匠的妻子和女皇两人始终都没有醒。

第二天早上，皮鞋匠先醒了，头疼得厉害，用力推了推身边的女皇，想要口水喝。女皇醒了，睁开双眼看了一下，又睡着了。

"你怎么了，难道没有听见我说的话吗?"皮鞋匠见女皇又睡了，推了推她的腰，大声喊道。

"你是什么人?"女皇睁开了双眼，感到十分奇怪。

"那么，你是什么人呢?"皮鞋匠见女皇这样对自己说话，就反问她。

"你难道不知道我是当今的女皇!"女皇忽然大声叫起来。

皮鞋匠听完了女皇的话，忽然从床上跳到地上。

"你还真把自己当成女皇了，每天只知道睡觉，什么活儿都不想干，今天我要教训教训你!"他说着抓起一条皮带，把女皇痛打了一顿。

"快来人，把这个混蛋给我打死!"女皇大叫起来。

可是，女皇喊了半天，也没见谁来，因为屋子里没有任何人。

"看来我是死了，而且掉进了地狱里，肯定是这么回事儿。我得再睡一会儿，再醒来肯定又会在宫殿里。"女皇这样想着，又睡着了。

"你快起来！"这时，皮鞋匠放下了皮带，一边用拳头捶她的头和胳膊，一边说着。

"不要缠着我，我是女皇！"女皇喊道。

"怎么，你又是女皇了？"皮鞋匠说完，又开始打女皇。

"他到底是什么人，肯定不是一个好人！"女皇一边哭一边想。

"快起来，你今天要煮好马铃薯，烧好茶水，还要给我补衣服！如果做不好，你就等着瞧吧。"皮鞋匠对女皇说道。

女皇害怕起来，怕自己又要被打。

一想到挨打，女皇就觉得浑身都疼。过去生活在皇宫里，她没受过任何委屈，甚至连什么是疼都不知道。自从来到了皮鞋匠的家里，稍不留神就会挨打，女皇吃尽了苦头，终于知道了什么是痛苦。

可是，女皇始终也没搞清楚在皮鞋匠家里所发生的这一切是怎么回事儿。

女皇穿上了皮鞋匠妻子的衣服，做起了家务。可是不论做什么，她都做不好。

女皇习惯了统治王国，从来没干过活儿，更别提皮鞋匠让她做的那些事儿了。

皮鞋匠看她做不好任何事情，又打了她一顿。女皇再也不敢吱声了，也不再说她是女皇了。为了不再挨打，她只能老老实实努力干活儿。

女皇好不容易烧好了饭，可是做好的饭却是生的，不能吃。菜也只是半熟，又加了很多的盐，根本无法入口。

"想必你真是女皇，因为你什么都不会做。"皮鞋匠只喝了一勺白菜汤，就放下了勺子。

皮鞋匠十分生气，又拿起皮鞭痛打了女皇一顿。

女皇不停地挨打，十分害怕，只要坐在皮鞋匠面前，就浑身发抖。

"你给我梳梳头，我要午睡了。"午饭后，皮鞋匠躺在床上对女皇说。

于是，女皇开始替皮鞋匠梳头。她能有什么办法呢，她不敢违背皮鞋匠的话，违背了就会挨皮鞭。

第二天，皮鞋匠吩咐女皇去洗衣服。女皇只好去了，可她从来没有洗过衣服，细嫩的手很快就磨破皮了。

女皇看着没有洗干净的衣服，不知怎么办才好。一想到皮鞋匠凶神恶煞的面孔，她感觉自己快要晕过去了。

就这样，女皇在皮鞋匠的家里，过着痛苦的日子，受尽了折磨，度过了她一生中最难熬、最漫长的三天。

皮鞋匠的妻子在女皇的床上一觉醒来，看了看四周，感觉很奇怪，不知自己身处何地。整个房间装饰得富丽堂皇，豪华的地毯铺满了房间，屋子里的鲜花散发出阵阵香气。

"难道我进了天堂？"皮鞋匠的妻子正想着，就看见四个贴身的侍女走进了卧室。

侍女们不敢走近女皇。

"你们有什么事儿?"皮鞋匠的妻子问侍女们。

"女皇陛下,我们是来给您穿衣服,帮您打扮的呀!"侍女们回答。

"我自己有手有脚,为什么要你们帮助?"皮鞋匠的妻子喊道。

侍女们站在那里不敢出声,更不敢走开。

"站在这里干什么,难道你们没有事情去做吗?"皮鞋匠的妻子大喊。

侍女们把目光都集中在床边放着棍子和皮鞭的凳子上。

"女皇陛下,你现在打我们,还是以后再打?"侍女们问皮鞋匠的妻子。

"我为什么要打你们?"皮鞋匠的妻子反问道。

"我们每天都是被您打完后才去做事,所以我们在等着挨您的皮鞭和棍子。"一个侍女解释说。

"难道你们是傻瓜不成?!都给我走开,做事去!"这时，皮鞋匠的妻子倒是真的生气了。

侍女们小心翼翼地走了。

皮鞋匠的妻子起床后，穿好衣服来到厨房。厨房里的人都把她当成了真正的女皇，端来她想要的一切。

"难道我真变成了女皇？那就充当一下吧，以后再做皮鞋匠的妻子。"皮鞋匠的妻子认定自己真的成为女皇了，偷偷地笑起来。

皮鞋匠的妻子安心地过上了女皇的生活，过了一天又一

天。从早上到晚上，一直都有一个大臣跟随在她的后面。她的一切命令和愿望，都由大臣负责写出来和执行。

皮鞋匠的妻子很快就养成了一个习惯，对皇宫里其他大臣们的要求或者是皇宫里所有的事宜，她只需吩咐这个大臣去执行。

皮鞋匠的妻子一边走着一边嗑着瓜子儿。瓜子儿放在大臣的手里，所以大臣的手总是伸得老远。

这时，像原先一样仍然挨着打的士兵正在岗亭旁站岗，看见皮鞋匠的妻子冒充的女皇在宫内的花园里散步，本想装出一副严肃的表情，可不觉又微微一笑。

假女皇看见士兵对她微笑，就向士兵走来。

"笑什么，你有什么事儿吗?"皮鞋匠的妻子问士兵。

"女皇陛下，我只希望他们不要再用棍子打我了。他们每天早晨都打我，这是第二个年头了，已经把我身上的肉打得快从骨头上脱落下来了。"士兵回答道。

"他们为什么要打你，你犯了什么错?"皮鞋匠的妻子又问。

"只是因为我微笑了一下，女皇陛下。"士兵低头回答说。

"微笑也会挨打？"皮鞋匠的妻子充满疑问。

"是的，在皇宫里是不可以微笑的。"士兵回答。

"只有犯错才会受到惩罚，你去告诉我后面的那个人，叫他们以后不许再打你了。"皮鞋匠的妻子对士兵说道。

"不，女皇陛下，你要亲自发布命令才行啊。"士兵劝说皮鞋匠的妻子。

"好，那我写通告，叫他们不许再打你了！"皮鞋匠的妻子来到士兵身旁。

"叫他们也不要再打其他的人吧！"士兵急忙说道。

"这里有许多人挨打吗？"皮鞋匠的妻子奇怪地问士兵。

"是的，大家几乎每天都在挨打。"士兵回答。

就在当天，皮鞋匠的妻子以女皇的名义下了一道命令：在她的王国里，从此不准打任何人，甚至也不准用棍子触碰任何人。

皮鞋匠的妻子又命令发给每个士兵二十五戈比，准许大家在皇宫里欢宴三天，给每人发半桶啤酒。

皮鞋匠的妻子当女皇的第三天，惦念起皮鞋匠，在平时跟在她后面的那位大臣的陪同下，来到家门前。她发现，皮鞋匠和另外一个女人从屋子里走出来，两个人还有说有笑的。从皮鞋匠的脸上，一点儿也看不出悲伤的表情来。

"原来你是个没良心的人啊！"皮鞋匠的妻子气得喊起来。

说完，她又在皮鞋匠的后脑壳上"啪"地打了一下。

皮鞋匠看看打他的女人，又看看身边的另一个女人，发现她们长得一模一样，弄不清究竟哪一个是他的妻子了。皮鞋匠的妻子朝着皮鞋匠背上又"啪"地打了一下。这时，皮鞋匠终于明白了哪一个才是他真正的妻子。

皮鞋匠的妻子挽着丈夫的手臂，亲密地走进了那个破旧的小屋，忘掉了宫殿里所有的事情。真正的女皇咬牙切齿地咒骂了一顿大臣后，就让大臣带着自己回宫殿了。

女皇本想回宫发泄一下心中的怒火，但回宫后却发现一切都变了。宫里贴出了公告，已经不允许再打任何人，也取消了打人的制度。她还发现，好像那道命令还是她自己发出来的，她有些糊涂了。

正当女皇发愣时，迎面走来一位厨师。女皇举起手想打厨师，突然看到了自己那双因为做家务而变得粗糙又很脏的手。

"这样的手要是被人看见了，他们肯定会发现我在皮鞋匠家里做的一切。"女皇想着，把手缩了回来。

这时，她想起了在皮鞋匠家里生活的点点滴滴。

在皮鞋匠家中生活的三天三夜，已经变成了女皇的噩梦。

为什么会在皮鞋匠的家里，女皇怎么也搞不清楚，是不是上天对自己的惩罚呢？她感到很害怕，为了保护自己，就把皮鞋匠的妻子定下的制度保留了下来。

士兵脱离了噩运，对傻瓜充满了敬佩。

傻瓜很得意，觉得自己做了一件大好事。

灵鹰费尼斯特

　　庄稼汉和妻子有三个美丽的女儿。女儿们长大了，父亲和母亲却老了。后来，妻子死了，庄稼汉一个人抚养着女儿们。

　　日子过得还算富裕，庄稼汉想雇一个人来料理家务。这时，小女儿玛丽亚主动要求担当此任，而两个姐姐却什么话也没说。

　　玛丽亚开始料理家务，什么事儿都做得很好，如果有不会做的，就学着做。

　　两个姐姐每天只知道涂脂抹粉，嫌自己不够美。

玛丽亚每天则很疲倦，要喂家畜、收拾屋子、烧饭。父亲看见玛丽亚聪明能干，性情温和，高兴极了。

令人费解的是，玛丽亚早上并不美，可是一到晚上就非常美丽。两个姐姐看在眼里，十分生气。

一天，父亲要到市场去，问女儿们都想要什么。

大女儿说要一条带大金花的头巾，二女儿说要一条大金花中间带红蕊的头巾和一双软筒高跟儿皮靴。

"您也要给我买一双软筒的高跟儿皮靴，还有宝石戒指。"大女儿听到二女儿的话，又对父亲说道。

"如果价钱便宜的话，给我买一根灵鹰费尼斯特的羽毛吧。"玛丽亚说。

父亲到了市场，给大女儿和二女儿买了礼物，可问遍了所有商人，也找不到灵鹰费尼斯特的羽毛。

"没有关系，下次去的时候，再帮我看看吧。"玛丽亚安慰父亲。

过了一些天，父亲又要到市场去，再一次问女儿们需要什么。

大女儿说要在靴跟儿上钉上银蹄铁。二女儿也要钉银蹄铁，还要了一把小银锤。

父亲问玛丽亚要什么。

"你去看看，到底有没有灵鹰费尼斯特的羽毛吧。"玛丽亚回答说。

父亲来到市场，办完自己的事情后，又给大女儿和二女儿买好了礼物。可是小女儿要的羽毛，一直找到晚上也没找到，父亲只好回来。他觉得玛丽亚很可怜，可是玛丽亚却对父亲笑了笑。

过了一些天，父亲又去市场，依旧没买到羽毛。回家的路上，父亲遇见一个老人。

"你好像在发愁吧?"老人问他。

"哎，我最怜爱的小女儿让我买一根灵鹰费尼斯特的羽毛，可我却总是找不到。"父亲叹着气答道。

老人想了一会儿，解开肩后的布袋，从里面拿出一只小盒子。

"你把这装有灵鹰费尼斯特羽毛的小盒子藏好。我有一个儿子不愿意结婚，虽然已经到了结婚的年龄，可是我不能强迫他。他对我说过，如果遇上有人要羽毛就给她，要这根羽毛的人就是他的未婚妻。"老人说完，突然不见了。

玛丽亚的父亲看着羽毛，发现那不过是一根非常普通的灰色羽毛。

父亲记着老人的话回到家里，把放着一根灰色羽毛的小盒子给了小女儿。

"看来我的玛丽亚，要糊里糊涂地嫁人了。"父亲心里想。

"把你的麻雀毛插在头发上，夸耀夸耀你的美丽吧。"两个姐姐打扮好了，就嘲笑妹妹。

玛丽亚一声不响回到小屋里，等大家睡着，才把羽毛拿出来，放到胸前抚摸着。一不留神，羽毛落到了地板上。

这时，玛丽亚听到有撞窗户的声音，赶紧打开窗户。灵鹰费尼斯特飞进小屋，变成了一个俊朗的青年。

玛丽亚和青年谈了一夜。早上，青年把身子伏在地板上，瞬间变成了一只鹰，留下那根羽毛飞向了蓝天。

玛丽亚一连三个夜晚和青年交谈。第四天晚上，两个姐姐听见了陌生人的声音，隔天便问妹妹夜里在和谁谈话。

玛丽亚说自己在自言自语。

"爸爸，玛丽亚有爱人了，我们亲耳听见她每天夜里都和一个青年聊天。"两个姐姐不相信妹妹的话，便去父亲那里告状。

父亲觉得，玛丽亚到了该出嫁的年龄了。可大女儿认为，应依长幼次序出嫁。

到了晚上，两个姐姐趁玛丽亚不在，把刀子从刀鞘里拔出来，插在窗框上，又在窗户的周围插了许多尖针和碎玻璃。

天黑了，灵鹰费尼斯特向玛丽亚的窗户飞来，撞上了刀子，碰到了针和玻璃碎片，整个胸口都受了伤。

玛丽亚由于白天太累，睡着了，没有听到撞窗户的声音。

"美丽的姑娘，如果你爱我，就要穿破三双铁靴，磨坏三根铁拐杖，还要啃掉三个石头一样的面包，只有那样你才能找到我。"费尼斯特在窗外大声说道。

玛丽亚听到了费尼斯特的话，却醒不过来。

早上，玛丽亚醒来，看到窗户上费尼斯特的血，便伏在窗户上悲痛地哭了起来。她走到父亲跟前，央求父亲准许她去远方寻找费尼斯特。父亲只好答应了。

玛丽亚带着铁匠做的三双铁靴和三根铁拐杖，以及三个

石头一样的面包，动身去找可爱的灵鹰费尼斯特了。

她翻山越岭，把一双铁靴穿破了，一根铁拐杖也磨坏了，一个石头一样硬的面包也啃完了，还是没有找到灵鹰费尼斯特。

玛丽亚叹了一口气，坐在地上换上了第二双铁靴，忽然看见森林里有一所小房子。

"我问问房主人有没有看见我的费尼斯特。"深夜，玛丽亚一边想，一边敲响了小房子的门。

一位老婆婆打开了门，把玛丽亚请进屋内，问她要去哪里。

"我自己也不知道要去哪儿才能找到我的灵鹰费尼斯特。"玛丽亚有礼貌地回答道。

"你还要走很远的路！"老婆婆说。

第二天早上，老婆婆把玛丽亚喊醒，给了她一个银纺车踏板和一个金纺锤，并让玛丽亚跟着滚动的小球去找她的二姐。

玛丽亚谢过老婆婆，就跟着小球走去。

　　她越走越远，越走越快。第二双铁靴又被穿破，铁拐杖也磨坏了，第二个石头样的面包也啃光了。于是，她坐下来换靴子，不知不觉又到夜里了。

　　玛丽亚发现森林里有一所小房子，窗前点着一盏灯。小球滚到小房子的跟前停下来，玛丽亚去敲了敲窗户。

　　"好心的主人，让我歇一夜吧！"玛丽亚恳求着。

　　"姑娘，你上哪儿去啊？"一个老太婆走到小房子的台阶上，问道。

　　"我要去找灵鹰费尼斯特，一个住在森林里的老婆婆说她的二姐也许会知道费尼斯特在哪儿。"玛丽亚回答。

　　老太婆让玛丽亚住进了小房子，原来她就是老婆婆的二姐。第二天早上，老太婆叫醒玛丽亚。

　　"我知道费尼斯特，可我并不认识他，我姐姐也许认识。"老太婆说着把一只银碟和一个金蛋给了玛丽亚。

　　玛丽亚同老太婆告别后，又跟着小球走去，一直走到她的铁靴穿破了，拐杖也磨坏了，最后一个石头样的面包也吃光了。

小球停在一所林间小屋的窗户底下，玛丽亚敲了敲小屋的窗户。

"善良的主人，让我躲避一下黑夜吧！"玛丽亚哀求道。

一个年纪很大的老婆婆从台阶上走下来，她是那两位老婆婆的姐姐。

"前面无人居住了，你这是要去哪儿啊?"年老的婆婆问道。

"我是来找灵鹰费尼斯特的。"玛丽亚回答。

"哦，我知道他，你先去睡觉吧。"说着，年老的婆婆把玛丽亚安排在隔壁房间。

到了早上，老婆婆把玛丽亚摇醒。

"我把灵鹰费尼斯特住的地方告诉你。不过他已经结婚了，和妻子住在一起。"年老的婆婆坦诚地说道。

玛丽亚向年老的婆婆鞠了一躬，起身要走，却被叫住了。

"这是我给你的小礼物——刺绣金架子和绣花针。你拿起刺绣架子，绣花针就会自己绣起花来。现在你可以走了，至于你以后需要做些什么，你去了就会知道了。"年老的婆婆嘱咐道。

小球不再向前滚了。老婆婆走到台阶上，为玛丽亚指出了方向。

玛丽亚光着脚，来到一个富丽的庄园。在一座高楼的窗边，坐着一位高贵的女主人，她正盯着玛丽亚。

玛丽亚想起自己没有靴子，也没有粮食了，心生一计。

"女主人，你需要会做面包、衣服和鞋子的女工吗？"玛丽亚来到女主人面前，说道。

"除了这些，你会纺纱、织布和绣花吗?"女主人问道。

"会。"玛丽亚想起了那三个婆婆的礼物。

"那你到仆人的房里去吧。"女主人说着，在前面带路。

玛丽亚在富丽而陌生的庄园里开始了工作，任何事情都做得很妥当。

女主人高兴极了。

晚上，玛丽亚闲来无事，就坐在长凳上拿出银纺车踏板和金纺锤开始纺线，只见金线自己从麻坯里出来。

这时，女主人的女儿走进了仆人的屋子。

"你手里拿的是什么?"她问玛丽亚。

"我要纺线，为灵鹰费尼斯特绣一条面巾，让他用来擦脸。"玛丽亚对女主人的女儿说道。

"把你的东西卖给我吧，费尼斯特是我的丈夫。"女主人的女儿说道。

"我不卖，这是一位老婆婆送的。"玛丽亚停下了纺车。

"如果不卖就交换吧。"费尼斯特的妻子很生气。

"好吧，你答应让我看一下费尼斯特，看上一眼也行！"玛丽亚说。

费尼斯特的妻子答应了，拿走了玛丽亚的银踏板和金纺锤。

晚上，灵鹰费尼斯特飞回来了，变成一个青年和家人吃晚饭，却没有认出站在桌旁的仆人玛丽亚。

晚饭后，大家准备各自回房睡觉。

"我到费尼斯特房间里替他赶苍蝇。"玛丽亚对女主人说道。

"你等一下。"费尼斯特的妻子伸手阻拦。

费尼斯特的妻子回到屋，给丈夫喝了安眠药水后又来到院子里，吩咐玛丽亚去给费尼斯特赶苍蝇。

玛丽亚见心爱的人睡得像死人一样，忘记了赶苍蝇，弯下腰低声倾诉寻找费尼斯特的经过。

费尼斯特睡得很熟，没睁眼。

费尼斯特的妻子走进房间，打发走了玛丽亚。

第二天，玛丽亚做完所有工作后，把金蛋放在银碟子里滚，只见一个个新金蛋从银碟子里滚出来。

费尼斯特的妻子恰巧路过，见钱眼开，提出要买下这两样东西。

"我可以无偿把银碟子和金蛋送给你，但你要允许我再给费尼斯特赶一次苍蝇。"玛丽亚回答道。

费尼斯特的妻子欣然接受了玛丽亚的要求，拿着碟子和金蛋走了。晚饭后，费尼斯特的妻子给丈夫喝了安眠药水，待他睡着后才叫玛丽亚来赶苍蝇。

玛丽亚来到费尼斯特的身边，呼唤了很久，却不见他醒来。

第三天，费尼斯特的妻子路过仆人的屋子，看见玛丽亚手里的绣花针正在自动绣着花儿，便打定主意，要将宝贝据为己有。

玛丽亚把金绣架和绣花针送给了费尼斯特的妻子。

"如果你想替我丈夫赶苍蝇的话就来吧，以前你也要求过。"费尼斯特的妻子不想给玛丽亚任何东西。

"就这样吧！"玛丽亚同意了。

费尼斯特的妻子给丈夫吃了安眠药，叫来玛丽亚。

玛丽亚走到睡着的费尼斯特身边，伏在他胸口上痛哭起来。

忽然，玛丽亚的一滴热泪落在了费尼斯特的胸口上，烧热了他的心。又有一滴眼泪落在了费尼斯特的脸上，他睁开了眼睛。

"我忠实美丽的姑娘，变成我的蓝鸽子吧！"费尼斯特一眼就认出了玛丽亚。

说完，玛丽亚变成了一只鸽子，与灵鹰费尼斯特一起向家飞去。

"你的妻子会想念你的。"玛丽亚扭过头说。

"拿丈夫去换纺锤、碟子以及绣花针的妻子，是不需要丈夫的，更不会想念丈夫。"灵鹰费尼斯特十分伤心。

玛丽亚和费尼斯特飞了一整夜，黎明时才看到父亲的房子。

灵鹰费尼斯特刚落到地上，就变成了一根羽毛。

玛丽亚把羽毛藏在怀里，向家走去。

"亲爱的女儿，我以为你已经不在人世了，谢谢你回来。"父亲眼含热泪，抱住玛丽亚。

"爸爸，原谅我吧。"玛丽亚也哭了。

正赶上节日，父亲叫三个女儿一起去市集。玛丽亚说自己一路走累了，又没有漂亮衣服穿，就不去了。

"那从市集上带些什么给你呢?"父亲问玛丽亚。

玛丽亚说她什么都不缺。

见父亲和两个姐姐已经走远，玛丽亚把羽毛拿出来放到地板上，羽毛瞬间变成了费尼斯特。玛丽亚觉得太幸福了，竟连一句话也说不出来。

"你的爸爸呢?"这时，费尼斯特问道。

"到市集去了，姐姐们也去了。"玛丽亚回答说。

"我们也去吧!"费尼斯特转过身，向窗口吹了一声口哨，窗外立刻出现衣服、饰品和一辆四轮马车。

费尼斯特和玛丽亚坐上马车，像旋风似的奔向市集。市集刚好开市，丰富的货物和食品堆得像山一样。

费尼斯特在市集上把除了车油以外所有的货物都买了

下来，并吩咐他们用车子把东西都运到玛丽亚父亲的村子里。

原来，费尼斯特想请市集上的农夫都去参加他的婚礼，而且希望他们快点儿到来。车子是需要车油的，所以他把车油留在了市集上。

费尼斯特和玛丽亚的车子走得很快，在回家的路上遇见了正赶往市集的爸爸和两个姐姐。

玛丽亚请爸爸和两个姐姐一起回家，去参加她和灵鹰费尼斯特的婚礼。

过了三天，婚礼如期举行，住在周围一百里之内的所有人都来做客了。

参加婚礼的客人吃着丰盛的酒席，赞美着新郎和新娘，不知不觉夏天过去了，可是客人们却没有散去。一直到了该收割庄稼的时候，婚礼才结束。

时间久了，客人们把婚礼的酒席忘记了。但是，玛丽亚那颗真诚的忠于爱情的心，却在这片土地上永远被人们记住了。

扬·比比扬历险记

　　故事发生在一座位于高山脚下的小镇里，主人公叫扬·比比扬，是个很特别的小男孩儿。

　　他从不梳头，个子虽矮，但身体结实。他的脚趾向外叉开，脚板很宽，喜欢光脚走路，最讨厌穿鞋。

　　扬·比比扬不顾父母的苦苦劝导，想做什么就做什么，不去上学，整天在街头闲逛。伙伴们都离他而去，父母也拿他没办法。

　　但他似乎并不在乎这一切，总是能想出办法来打发时间。

他喜欢坐在断墙上向小狗扔石块，喜欢扔小孩子的帽子，甚至喜欢将石块扔进乞丐和吉卜赛人的袋子里，拉车的马都被他吓得惊叫。

春天到了，大地一片绿色。一天，扬·比比扬在郊外闲逛，恰巧来到箍桶匠的小铺子外面，就想进去偷一把锯子，去锯掉叔叔园子里的两棵苹果树。箍桶匠早就猜到了他的心思，对他大声嚷嚷，让他滚开。扬·比比扬心想，总有一天，要给箍桶匠点儿颜色看看。

扬·比比扬来到镇外，一会儿爬树模仿布谷鸟叫，一会儿又向小溪里或公路上的公共汽车扔石块。他实在想不出还能干些什么，觉得很不开心，今天连一件像样的恶作剧都没有做成。

这时，一只绿色的大蝎虎碰到他的脚跟，他一下子兴奋起来，决定要用石块砸它。可他怎么也砸不中，只好跟在它后面。

大蝎虎爬到葡萄园里的一块大石头上，扬·比比扬也想方设法地爬上去。结果大蝎虎发现了他，又蹿进了一个深洞里。

扬·比比扬"嘘"了一声，突然有人从洞里爬出来，跳到树上。

他是一个小魔鬼，名叫"嘘"，以为扬·比比扬是在叫他。

扬·比比扬不但没有害怕，反而喜欢上了嘘。这个小魔鬼动作敏捷，两只眼睛转来转去，笑的时候露出一口雪白的牙齿，头上生有一对小角，身后拖着一条小尾巴。

两人自我介绍后，嘘说他很喜欢扬·比比扬这个名字。他还说自己没有朋友，是他的父亲——老魔鬼"嘘嘘卡"把他赶到这个洞里的，原因是父亲要他做坏事，给人类制造灾难，而嘘办不到，已经一个月没有做坏事了。

扬·比比扬和嘘成了好朋友。他们都是被父母赶出来的孩子，一个是因为专做坏事，另一个则是因为没做坏事。

嘘想让扬·比比扬教他怎样做坏事，说一切行动会听从他的指挥，并尽力帮助他。嘘有很多本领，比如可以变成任何一种动物，并模仿它们的声音；会隐身法；能在黑暗中看见东西；等等。扬·比比扬把嘘抱在怀里，兴奋得蹦起来，认为从此将不再孤独了。

嘘喜欢干冒险的事，但担心扬·比比扬不配合自己，于是想考验一下他。嘘带着扬·比比扬来到河边的一片草地。

扬·比比扬看到箍桶匠的驴子在吃草，就告诉嘘箍桶匠以前想要揍他的事情，并让嘘去牵驴。

嘘说他父亲不喜欢驴子，因为魔鬼从不喜欢温驯的动物。话还没说完，扬·比比扬就已经跑到驴子前，抓住它的鬃毛，让嘘骑上去。

两个人骑上驴背，在草地上奔跑。不一会儿，扬·比比扬跳下驴背，折了一根柳条，狠狠地抽打了下驴子的屁股。驴子累了，没有了力气，变得越来越不听话。扬·比比扬想出一个鬼主意，把一只牛虻塞到驴子尾巴下。驴子天生爱干净，所以被牛虻吓坏了，先是猛蹬后蹄，继而满地打滚儿。嘘摔了下来，头碰伤了。两个人哈哈大笑。

扬·比比扬戏弄善良的动物，让朋友遭了难，而且还在朋友痛苦的时候嘲笑他。他通过了考验。这时，箍桶匠见有人欺负自己的驴子，便抓住了扬·比比扬的衣领，用一根粗重的枣木棍揍他的屁股。

扬·比比扬向嘘求救。嘘却躲到柳树后，笑得上气不接下气。

扬·比比扬被箍桶匠狠狠揍了一顿，十分委屈，开始怀疑他们的友谊，无法理解嘘为什么会见死不救。

嘘解释说，所有的魔鬼都害怕神香、十字架和枣木棍这三样东西，所以当看见箍桶匠手里的枣木棍便害怕得浑身打战，不得已才躲了起来。

嘘低下头，朝扬·比比扬的伤口上啐了几口唾沫，伤口奇迹般地愈合了。扬·比比扬又高兴起来。

两人来到一个废弃的磨坊里，一觉睡到天亮。

扬·比比扬的父母很担心儿子会遭到不幸，因为他已经整整一个星期没回家了。而此刻，扬·比比扬一点儿也不想回家，有嘘的隐身术，有即使是锁眼也能穿过去的本领，还回家干什么呢？

嘘每天去镇上，偷偷溜进食品店或酥糖铺，有时还溜进有钱人的家里，把可口的饭菜带回来。

扬·比比扬搞恶作剧的欲望再一次燃烧起来，对嘘辱骂，甚至毒打。嘘发誓要用最恶毒的手段报复他，然后就消失了。嘘走了，扬·比比扬再也享受不到朋友带来的好处，所以很后悔。而魔鬼从不喜欢悔过的人，因此嘘根本不理睬他的道歉。扬·比比扬忍受着饥饿，发誓以后再也不见嘘了，但找了很久，还是没能找到他。

"如果明天嘘还不出现，我就回父母身边去，让自己成为镇上最棒的孩子。"扬·比比扬失望地回到磨坊。

他躺在干草堆上，突然发现身边有好多食物，便大口大口地吃起来。

"嘘这个家伙，还真没有忘记老朋友。"他高兴地想。

突然，外面传来奇怪的声音，是几个人嘶哑的说话声，但扬·比比扬听不懂他们在说什么。他吓了一跳，以为是父亲派人来找自己了，马上躲到老柳树后面。

他看到了几张狰狞的面孔正对着月亮吹气，乌云立刻遮住了月亮。原来他们是魔鬼。

他慢慢听懂了魔鬼们的话，他们是在向首领报告一天里对人类做了哪些坏事，还有明天的打算。首领问年长的老魔鬼嘘嘘卡都做了哪些坏事。老嘘嘘卡没有什么可以夸耀的，只是说自己的儿子嘘被朋友扬·比比扬给打了，头上的疙瘩越肿越大，但还是不停地为朋友操心。他担心再这样下去，儿子会"堕落"成好人。

从他们的谈话中扬·比比扬得知，只要明天取来柳树下的酸泉水，让嘘喝下去，他们俩就会和好如初。

雄鸡报晓，魔鬼逃跑了。扬·比比扬提着一罐酸泉水，向第一次遇见嘘的那棵树走去。

他们重归于好了。扬·比比扬决定从今以后要善待自己的朋友。

有一天，嘘提议扬·比比扬去复仇，偷箍桶匠家的母鸡。

夜幕降临，他们来到鸡棚，一个人负责爬进鸡棚拧断鸡头往外递，一个人负责把鸡装进麻袋。他们很快就装满了一麻袋鸡。这时，嘘听见有人走过来，急忙躲到鸡棚后面。

而此时，扬·比比扬正手拿一只血淋淋的鸡，准备把它装进麻袋，还没来得及站起来就被发现了。箍桶匠一把抓住他的脖子。

"不要害怕，我不会伤害你的，只是希望你走正道。"箍桶匠牢牢抓着扬·比比扬的手，假装亲切地说道。

这番话使扬·比比扬放心多了。箍桶匠像拉着自己儿子一般拉着他的手。扬·比比扬试图挣脱，但没有成功。

箍桶匠领着他来到作坊，让他爬进一只大木桶，骗他说想让他试试这只木桶是否结实。

扬·比比扬爬进去，箍桶匠立刻把桶盖钉死。扬·比比扬哀求箍桶匠放自己出来，但没有得到应答。

箍桶匠将木桶放倒，让它滚到田里、河边，最后又推进水里。

扬·比比扬在桶里被撞来撞去，喊着嘘的名字求救。可能是太累的缘故，他喊着喊着就睡着了。

这段时间一直流传着这样一条消息：一只装满珠宝和黄金的小木桶，从一架运送某印度王公行李的飞机上掉了下来。三个老头儿在河边寻找着这些宝藏。

天刚亮，一个老头儿就被一种怪声吓醒。他走到河边，发现了木桶。

扬·比比扬被叫声惊醒了。木桶被拖到岸上，老头儿把桶盖砸开，扬·比比扬立即跳了出来。寻宝人以为是僵尸，拔腿就跑。

扬·比比扬也不停地奔跑。突然，嘘站在他面前，告诉他这次营救行动是自己设计的。扬·比比扬感动地亲吻了嘘。

虽然两个人从此形影不离，但嘘还是对他渐渐产生了不满。

为什么嘘会对他产生不满呢？因为扬·比比扬总也忘不了自己的亲生父母。每天晚上，他总会悄悄地把偷来的面包放到自己家门口。

嘘把这件事告诉了父亲。父亲让他把扬·比比扬善良的脑袋换掉。

一天，嘘提议一起去郊外和孩子们玩耍。扬·比比扬担心嘘的模样吓到孩子们，便让他施法把自己变成了一个可爱的吉卜赛人。

郊外住着一个做陶器的老大爷，叫戈尔奇兰。他会制作漂亮的水罐、瓦盆等陶器，还总是把刚做好的毛坯放在外面晾晒。

孩子们为了好玩儿，常常用石块砸那些还没晾好的盆盆罐罐，甚至用小脚丫儿去踩踏。不过，老大爷从不打骂孩子们，只是告诉他们别再破坏这些东西，然后把他们撵走。老大爷很穷，一个人生活，因为没有自己的孩子陪伴，所以就特别喜欢别人家的孩子。

一日，老大爷捏好一个泥人，取名叫卡尔乔。卡尔乔和扬·比比扬一般高，很有精气神儿。扬·比比扬有点儿讨厌他，就从他身上拧下一块黏土，用枝条戳他。卡尔乔痛得直叫，决心报复他。他没有找到石块，就把自己的泥巴脑袋扔向扬·比比扬。

扬·比比扬的脑袋被打飞了。借这个机会，嘘嘘卡成功地把卡尔乔的头接在了扬·比比扬的脖子上。

扬·比比扬发觉脑袋越来越沉，低头向水洼里一看，大哭起来。

他眼里流出的都是泥水。嘘安慰他说，这个新泥巴脑袋没有脑子，不会有痛苦，打架也不会留下伤痕，这应该是件高兴事。扬·比比扬破涕为笑。一天，扬·比比扬骑在嘘的脖子上，跃过峭壁深渊，来到一片长满烟草的草地抽烟。远处山脚下，扬·比比扬的父母整天为儿子担心，而此刻的扬·比比扬却不以为然。

他已丝毫没有怜悯和恐惧，目光呆滞，像个木头人一样冷漠。身边的嘘在一旁冷笑。

扬·比比扬昏昏欲睡，睁开眼发现正骑在嘘的脖子上，飞向无底深渊。

他们来到一个无底洞，里面被可怕的青光和咝咝声所笼罩。原来，这便是嘘的王国。

扬·比比扬威胁嘘，再不回去就拧断他的尾巴，可是嘘继续往洞里飞。

扬·比比扬愤怒极了，像拔草一样拔下嘘的尾巴，用它使劲儿抽打他的脑袋。嘘把扬·比比扬从背上甩进万丈深渊。

万丈深渊是一个大厅，上下四周都镶嵌着黑色的镜子，中央是一个黑色宝座。

扬·比比扬发现，每一面镜子里自己的脑袋都不相同：羊头、猫头、猴头、蛇头，等等。

他用嘘的尾巴抽打黑镜子，玻璃碎得到处都是，可瞬间又变回原样。

他不停地抽打着，直到耗尽所有体力，最后在地上睡着了。

扬·比比扬睡得很熟，并做了这样一个梦：他呼喊救命，可是无人来救。

他梦见汹涌的浪涛冲刷着泥巴脑袋，他随波逐流。

他看到一番美丽的景象：小伙伴们在草地上学习，勤劳的农民在耕地，对岸绿茵一片，身着漂亮衣服的姑娘们跳着圆圈舞。

远处的小村庄里住着自己的母亲，他呼喊着伸出双手，可是她的身影立刻消失了。他看到了父亲，但也立刻消失了。

突然，他被一个浪头打到岸上。

浑身湿透的他看到了家乡，感到非常亲切。

他看见泥孩子卡尔乔的脑袋正是自己从前的脑袋。

扬·比比扬怒火中烧，一拳打过去，并大声叫骂。后来，他惊醒了。

扬·比比扬在忽明忽暗的大厅里徘徊，四周静得吓人。

他看到宝座背后伸出一些玻璃手，上面刻着向左、向右、向前、向上、向下、此地、站住、想一想、小心等词汇，但令人费解的是，向左刻在向右指的手上，向右刻在向左指的手上。

他痛哭不止，以为再也出不去了。眼泪汇成了小溪，水面映出"勇敢地跟着我们"的字样，他哭得更伤心了。

突然，他发现墙上有扇门，推开一看，门外是一片荒漠。

荒漠被五面墙围着，每面墙上都有一扇门，门上写着"伟大的魔术师""魔鬼王国"等大字。

扬·比比扬心想，可千万别闯进魔鬼王国啊。这时，门后传来了沉重的鞭打声和可怕的呼喊声，他听出是嘘的声音。

原来，嘘挨打是因为丢了尾巴，无法再在人间作恶。突然，扬·比比扬发现手中的尾巴不见了，急忙跑向黑镜子大厅。

大厅里有一个老头儿，大嘴咧到耳根，身穿一件宽大红袍，手持一本他从未见过的大书。

正当老头儿弯腰捡嘘的尾巴的时候，扬·比比扬一把推开老头儿，用身体压住了尾巴。老头儿吓得丢下书，钻进地缝里了。

扬·比比扬看到地上的大书，封面上写着"我——生活教科书"几个大字。大字下面还有两行字：

读了我——就不会知道渴。

读了我——就不会知道饿。

扬·比比扬打开书，感到很奇怪，字母都是一个个跳动的小矮人，并组成单词、句子和文章。

书的内容是人类如何生活，如何与自然界斗争，如何用劳动创造美好生活。

扬·比比扬阅读着书中的故事，忘记了疲劳。书中"小麦种子"的字样勾起了他的饥饿感，他只能无奈地忍受着。这时，书中跳出 A、B 字样，接着，各种食品出现在他面前。扬·比比扬大嚼起来，突然恍然大悟，原来魔鬼们就

是用这本书来了解和迫害人类的。

他被书中的内容迷住了，忘记了昼和夜。当他翻完最后一页，书立刻消失了。他决心找到自己的脑袋，返回家乡。他神情激动地唱起歌来：

发抖吧，凶恶的魔法，

我要狠狠地报复。

不管你躲到哪里，

我一定找到你！

扬·比比扬嘹亮的歌声让四周的玻璃墙晃动，最后将其震得四分五裂。一群小矮人从墙上的小门里走出来，哀求他别再唱了。扬·比比扬挥动着嘘的尾巴，小矮人全都瘫倒在地上。

当他收起尾巴，抓起一个小矮人的时候，其他小矮人赶紧趁机逃跑。

小矮人哀求扬·比比扬放了他们，说对于大魔法师米里莱莱和所有仆人来说，魔鬼尾巴是最可怕的东西。

小矮人引领扬·比比扬打开一扇门，进入一片美丽的森林，然后就消失了。

扬·比比扬向一条小路走去，看到三股喷泉，喷泉又立刻变成了铁柱、金柱和银柱。

他继续向前，乌鸦带领他找到了米里莱莱，原来他就是手持大书的老头儿，此刻正坐在火堆旁搅拌一罐热汤。

米里莱莱没有发觉他的到来。扬·比比扬很想一脚踢翻这个臭罐子。

米里莱莱被他的大喊吓了一跳，立刻用长手臂来掐他的脖子。

扬·比比扬一躲，挥了挥魔鬼的尾巴，米里莱莱的身体瞬间变小。米里莱莱哀求他，说只要收起那条尾巴，就会提供帮助。

扬·比比扬收起尾巴，米里莱莱恢复了原状。米里莱莱说他可以通过交出尾巴来换取自由，还招来很多小矮人架好一架云梯，说扬·比比扬可以顺着梯子爬上去，十天就可以回到人间。

扬·比比扬同意了，但说要等爬上去以后才归还尾巴。扬·比比扬故意掏出尾巴，趁着米里莱莱变小的机会迅速爬上梯子。没想到梯子剧烈晃动，他掉了下来，瞬间就什么都不知道了。

扬·比比扬醒来，全身都湿透了，发现自己躺在海里的一艘白色小船上，正被成百个小矮人围着。他看到不远处的一条红船上，米里莱莱正举着望远镜，坐在甲板上的安乐椅里。

扬·比比扬挥动尾巴，小矮人顿时逃窜。米里莱莱也丢掉望远镜，滚到了甲板上。

米里莱莱恳求扬·比比扬原谅他，然后对着波浪念念有词。

海面立刻平静下来，两条小船驶向岸边，他们一起上了岸。一到岸上，米里莱莱立即跪在扬·比比扬面前，恳请他收起那条小魔鬼的尾巴，并告诉扬·比比扬，这是一个没有语言的世界，发挥作用的只有思想。如果扬·比比扬能把尾巴交给他，那么就可以获得自由；如果不交出来，那么就只能在这个世界四处流浪，永远也回不到人间。米里莱莱让他跟着自己走。

扬·比比扬跟着米里莱莱来到一片铁森林。这时，森林里出现了一座巨大的、没有窗户的黑色铁宫殿。

米里莱莱走上前，门自动打开。他走进宫殿，门又"轰隆"一声关上了。

门外只剩下扬·比比扬一个人，他意识到自己上当了。

这时，电闪雷鸣，风雨交加，他被抛到一片铁沙地上。

小溪汇成了大河，波涛汹涌，河水已经涨到了他的脖子，眼看就要被水冲走了。

这时，黑暗中的他突然想起了那条尾巴，于是拼命地挥动它。

瞬间，乌云散去，电闪雷鸣全都停止，水也退去，一切恢复了原样，仿佛什么都没发生过一样。他随便选了一个方向，大步前行。

扬·比比扬随心所欲地走着，遇到了一条巨蟒，被骗进一座铁宫殿。

原来这是米里莱莱居住的那座宫殿，他马上意识到巨蟒就是米里莱莱。他再次挥动尾巴，米里莱莱跑了，铁门关上。

总管名叫柳柳，头上插着长有三只眼睛的羽毛，米里莱莱吩咐他把扬·比比扬变成一只铁鸟，永远锁在树枝上。

柳柳请扬·比比扬闻他手中的鲜花，希望能与米里莱莱和解。

扬·比比扬抓住柳柳的手，同时挥动尾巴，柳柳立刻倒地。

他手提柳柳，试图从他嘴里了解到关于米里莱莱的所有秘密。

他们来到一棵树下，被一只巨鹰抓住，扬·比比扬立刻意识到这又是米里莱莱所变。

扬·比比扬挥动着尾巴，巨鹰逃窜。柳柳讲出了米里莱莱的秘密。

原来，米里莱莱有三个老婆，她们侍候他，给他唱歌。

　　为了不让别人发现，米里莱莱把三个老婆变成自己脸上的铁、金、银三根胡须。铁胡须最丑、最凶；金胡须稍好一些，但专吃人的眼睛；银胡须很善良，喜欢唱歌，并强迫别人唱歌，如果唱得好就会救下此人，若不喜欢就把此人变成一只乌鸦。拔下三根胡须，打上结，就会变成三个女人。铁胡须容易拔，金胡须难拔，而银胡须要最后拔。在拔银胡须的时候，绝对不能拔断，否则就会变成蚯蚓。

　　听完这些，扬·比比扬放走了柳柳。

　　扬·比比扬在一个洞穴里找到了正在睡觉的米里莱莱，勇敢地拔下铁胡须和金胡须。当他正要拔银胡须的时候，突然四周燃起了大火。他挥动尾巴，将火熄灭，并趁机拔下银胡须。

　　他把三根胡须分别打上结，立刻出现一个妖婆，一个苗条女人和一个美人。

　　扬·比比扬请美人帮他返回人间，美人说要先听听他的歌声。扬·比比扬仿佛被一种神秘的力量驱使，唱了起来。

歌声婉转愁伤，寄托着他对家乡、对父母的怀念。美人深受感动，决定帮助扬·比比扬，让他在泉边等待。

扬·比比扬看见了柳柳，得知铁胡须要害死美人，已经在泉水里下了毒。

失去了第三根胡须，米里莱莱已经没有任何魔力了。

扬·比比扬等待着美人。这时，米里莱莱最凶恶的妻子走来。

扬·比比扬将一勺泉水泼到她脸上。妖婆立刻变成一只癞蛤蟆，被扬·比比扬踢得支离破碎。

随后，米里莱莱的第二个妻子手拿一张网走来。扬·比比扬同样向她脸上泼泉水。她变成了一条凶恶的蝮蛇，被扬·比比扬砸碎了头。

美人是最后来的。她掏出一个瓶子，灌满泉水，将一束鲜花插到瓶子里，边走边洒泉水。泉水洒到之处竟出现了一些孩子。

他们来到铁宫殿，用几滴泉水将大门打开。铁墙轰然坍塌，石头转眼不见，米里莱莱无力施法。

美人用泉水把米里莱莱变成了一个盛葡萄酒的皮囊。扬·比比扬将它一脚踢爆。森林里顿时一片欢呼声，大家得救了。

一条笔直大道呈现在他们面前。这时，总管柳柳和一些小矮人跪在大道中央，号啕大哭，然后哀求扬·比比扬说，他们原本是筑巢的工蚁，过得很幸福，是米里莱莱把他们变成了小矮人。现在米里莱莱死了，他们也成了废物，可还是非常想回到自己的蚁巢中去。

美人将泉水洒向柳柳和小矮人，他们立刻变成了一群忙碌的工蚁，各干各的去了。

扬·比比扬跟着美人继续前行，所到之处变得生机勃勃。天空一片湛蓝，铁森林恢复了原貌，青冈树和橡树窃窃私语，毛茸茸的青苔在岩石上欢笑不止。阳光洒向大地，一片光明，远处的山脉依稀可见，白雪皑皑的山下，流淌着一条宽广的大河。

扬·比比扬激动地连忙向美人道谢，并亲吻了她的手。

美人也感谢他，是他的勇敢才使自己得救。

原来，美人名叫莉安娜，是船长的女儿，在一个雷雨交加的夜晚，被米里莱莱抢去当了老婆。

她和扬·比比扬要分别了，去寻找父亲和水手们。

"亲爱的扬·比比扬，请你一定要记住这次经历，这样你将会永远幸福。"说完，莉安娜登上河里的一条小船。

"扬·比比扬，再见了！"莉安娜站在船头挥手道别。

"再见了，你要记住我！"扬·比比扬向莉安娜挥着手，目送她消失在河流的拐弯处。

岸边只剩下扬·比比扬一个人了，他环顾寂寞冷清的四周，忍不住坐在地上哭起来，但内心还是很温暖的。

太阳渐渐落下，空气微冷，夜幕降临，他朝白天看到的远山走去。

扬·比比扬在草地上走着。天空中繁星点点，他入神地望着，因为已经很久没有见过如此美丽的夜空了。

忽然，一个黑影一闪而过，在路边的一块大石头上，出现一个晃动的东西。扬·比比扬仔细看了看，但看不清是鸟还是人。

一个微弱的声音传来，听起来好像是嘘。

扬·比比扬走过去一看，果然是嘘。他高兴极了，紧紧握住嘘的手。

嘘破衣烂衫、目光呆滞、身体瘦弱，就像一个从垃圾堆里捡来的小孩儿。

他的小角上长满了绿色疙瘩，身上全是癣，长满茧子的脚不停地颤抖着，断尾巴处已经化脓。

虽然嘘对他做了很多坏事，但扬·比比扬还是很可怜这个老朋友。

他想要问个究竟，但嘘浑身发抖，说不出话来。

扬·比比扬鼓励他要勇敢，嘘终于开口。他说按魔鬼法庭的判决，失掉尾巴就要被放在火上烤，放在锅里煮，用铁叉刺。

他逃走了，却让父亲替他受了罚。他没有了尾巴，便回不去，父亲就要一直被倒挂在树上，受火堆的熏烤。

他现在唯一能做的，就是变成一个沿街乞讨的乞丐。

嘘恳求扬·比比扬把尾巴还给自己，但是扬·比比扬说等找回了脑袋才能还给他。

嘘说此前遇见过卡尔乔，只要能拿回尾巴，愿意提供帮助。

可是扬·比比扬现在不相信这个朋友。他说那只尾巴现在保存完好，并准备掏出来让嘘看看，谁知掏出来的竟是一束鲜花。他非常吃惊，那是莉安娜浸到泉水里的那束花，一定是她在分别时悄悄放进去的。

他欣喜异常，认为莉安娜这样做一定有她的道理。他把花束放进怀里，然后掏出尾巴，弯起来放进口袋。

因为嘘急于要回自己的尾巴，所以便告诉扬·比比扬，只要他从尾巴上拔下一根毛攥在手里，自己就没有办法不为他效劳了。

扬·比比扬心里掂量着这些话，不动声色，并让嘘和自己一起去找脑袋。

他满怀希望，走得飞快。嘘虚弱地挪动着脚步，落在后面。扬·比比扬只好架着嘘继续向前走。他问起卡尔乔的情况，嘘说他是泥巴做的，所以不需要吃饭、睡觉，整日游手好闲，身体干了，就去水里泡一下，但最怕下雨。

天刚亮，他们在草地上休息。突然，嘘看见卡尔乔正在树后脱衣服。

原来，卡尔乔为了防止身体风干，正准备下河泡一下。

扬·比比扬让嘘发誓以后不再骗他。嘘以地狱和魔鬼的名义发了誓。

可是扬·比比扬说不行，嘘只好用自己的父亲发誓。扬·比比扬掏出尾巴，拔下一根毛，还给了嘘。

嘘安上尾巴，立刻精神起来，皮肤和小角也有模有样了。他万分感激扬·比比扬。

这时，两人突然看到卡尔乔跳入水中。扬·比比扬立刻脱下衣服，把尾毛缠在手上，把鲜花放在衬衣里，和嘘一起跳进河里。

卡尔乔惶恐地想往回游，却被嘘抓住了腿。趁此机会，扬·比比扬一把抓住卡尔乔的肩膀，按进水里。卡尔乔苦苦哀求，但是泥巴身体已经慢慢变软。

扬·比比扬和卡尔乔对换了脑袋。卡尔乔这时还在水里，扬·比比扬想到他长期为自己保存脑袋，便产生怜悯之心。

他让嘘将卡尔乔拖上岸，拿出鲜花，花束上残留的几滴泉水立刻显灵。

卡尔乔站了起来，含泪拥抱着救命恩人。他感谢扬·比比扬再次让他心脏跳动、血液流通、躯体复活。

扬·比比扬感到无比幸福，不仅找回了脑袋得以重新做人，还弃恶从善，人生从此焕然一新。此刻，他唯一的愿望就是赶快回到自己的家乡。

扬·比比扬把尾毛还给嘘，说从此各奔前程。他已经懂得了什么是邪恶，而且有力量去战胜它。

他还告诫嘘以后不要再来引诱他，否则将再次失去尾巴。

嘘拿起尾巴，瞬间就消失不见了。现在只剩下扬·比比扬和卡尔乔两个人了。山脚下绿野中的小白点，便是他们可爱的家乡。

"爸爸、妈妈，我就要回到你们身边了！"扬·比比扬牵起卡尔乔的手，高兴地呼喊着。

"亲爱的戈尔奇兰大爷，我也回来了，我要成为你忠实的助手和晚年的依靠！"卡尔乔轻轻地说。

两个人迈开大步，径直朝家乡的小镇走去。